Die drei ???® *Kids*

Einarmige Banditen

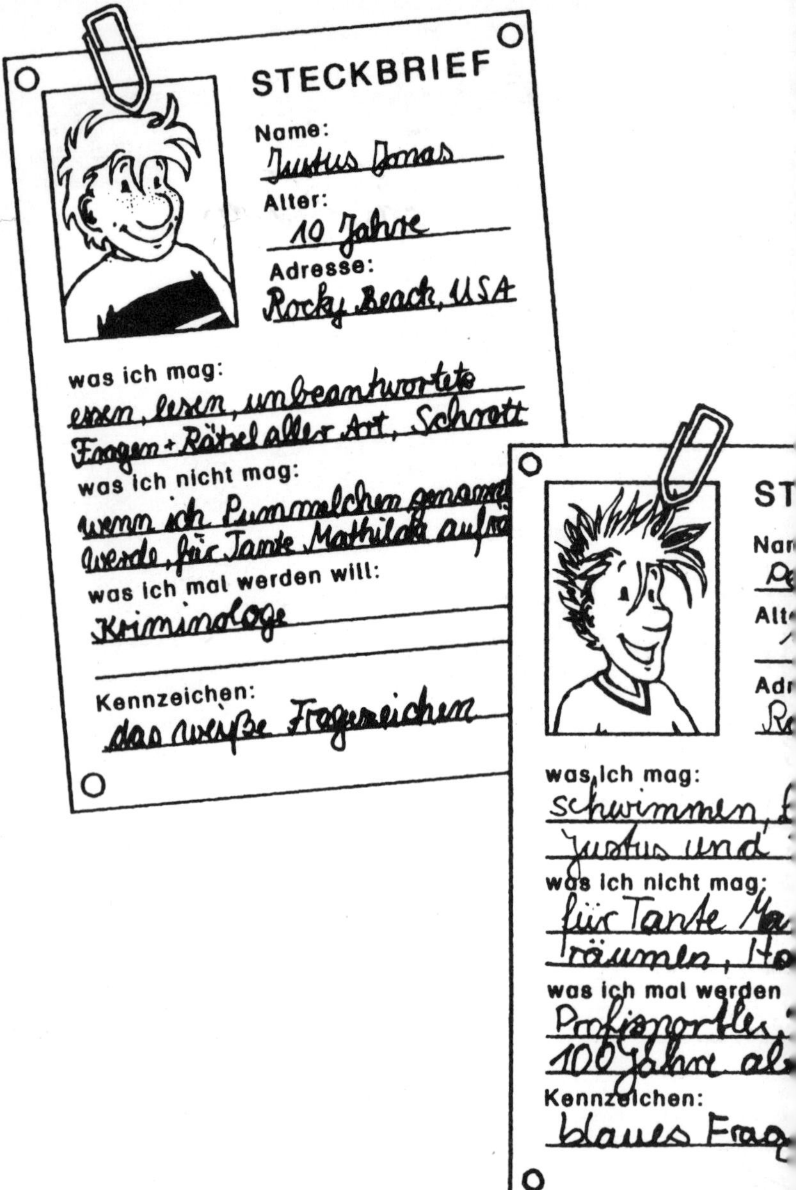

STECKBRIEF
Name:
Justus Jonas
Alter:
10 Jahre
Adresse:
Rocky Beach, USA
was ich mag:
essen, lesen, unbeantwortete
Fragen + Rätsel aller Art, Schrott
was ich nicht mag:
wenn ich Pummelchen
werde, für Tante Mathilda
was ich mal werden will:
Kriminologe
Kennzeichen:
das weiße Fragezeichen
was ich mag:
schwimmen,
Justus und
was ich nicht mag:
für Tante
räumen,
was ich mal werden
100 Jahre
Kennzeichen:
blaues

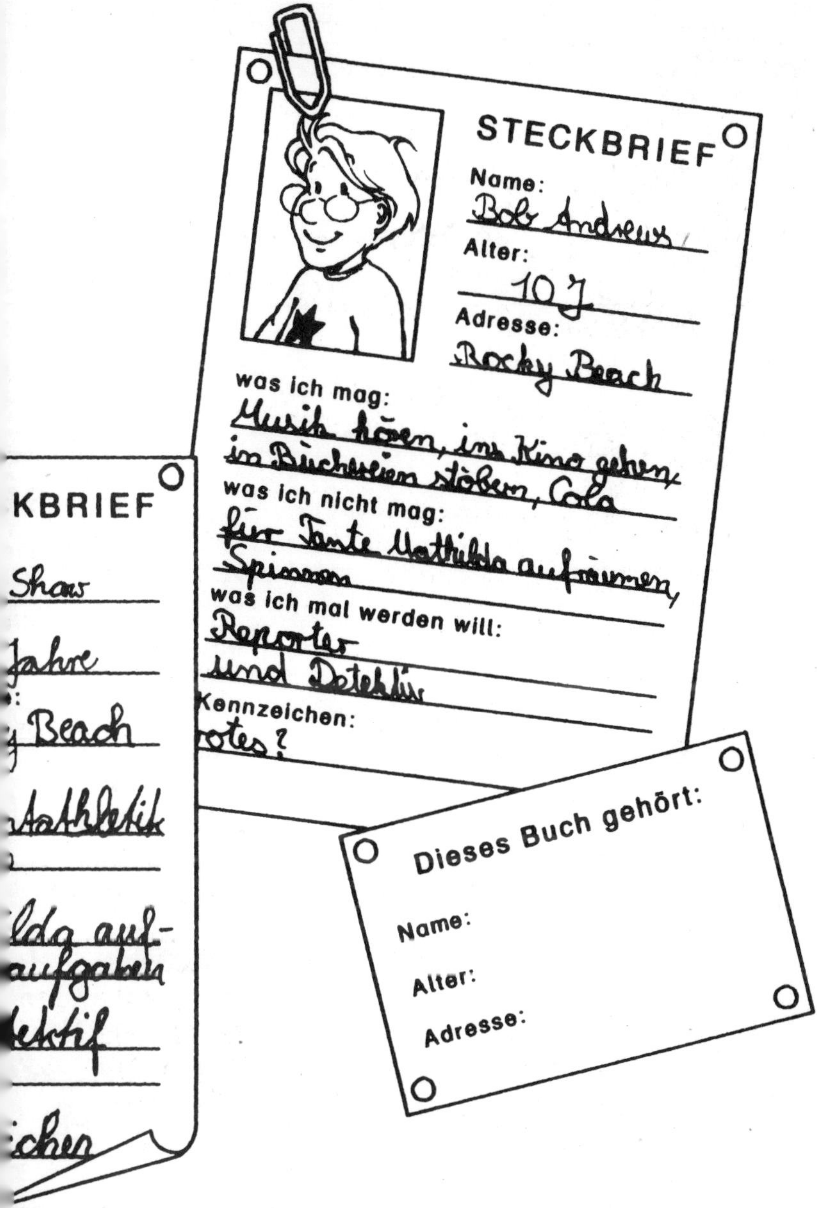

STECKBRIEF
Name:
Bob Andrews
Alter:
10 J.
Adresse:
Rocky Beach
was ich mag:
Musik hören, ins Kino gehen, in Büchereien stöbern, Cola
was ich nicht mag:
für Tante Mathilda aufräumen, Spinnen
was ich mal werden will:
Reporter und Detektiv
Kennzeichen:
Shaw
Beach
Dieses Buch gehört:
Name:
Alter:
Adresse:

Ulf Blanck, 1962 in Hamburg geboren, hat neben seinem Architekturstudium jahrelang in einer Theatergruppe gespielt und dabei sein Interesse für Bühnenstücke und das Hörspiel entdeckt. Heute arbeitet er als Moderator, Sprecher und Comedy-Autor bei verschiedenen Hörfunksendern. ›Einarmige Banditen‹ ist ein neues spannendes Abenteuer mit dem berühmten Detektivtrio Justus, Peter und Bob — für jüngere Leser ab 8 Jahren!

Die drei ???® *Kids*

Einarmige Banditen

Erzählt von Ulf Blanck

Mit Illustrationen von Stefanie Wegner

und Kim Schmidt

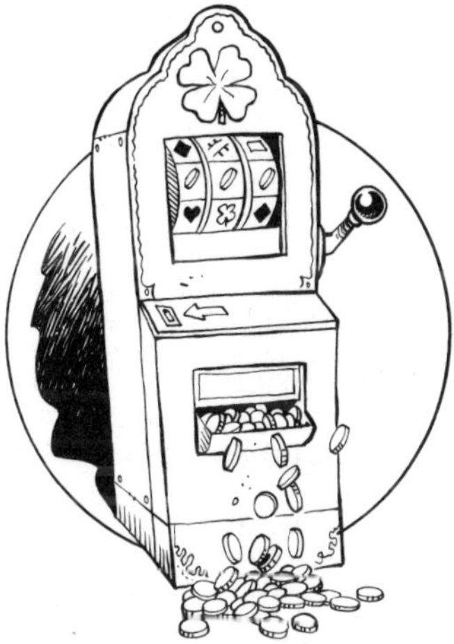

Deutscher Taschenbuch Verlag

Weitere ›Die drei ???® *Kids*‹-Bände bei dtv junior:
siehe unter www.dtvjunior.de

Ungekürzte Ausgabe
In neuer Rechtschreibung
Januar 2010
Deutscher Taschenbuch Verlag GmbH & Co. KG, München
www.dtvjunior.de

Mit freundlicher Genehmigung der Universität Michigan
Based on characters by Robert Arthur
Umschlagkonzept: Balk & Brumshagen
Umschlagbild: Stefanie Wegner
Satz: Fotosatz Reinhard Amann, Aichstetten
Gesetzt aus der Advert 11/18˙
Druck und Bindung: Druckerei C. H. Beck, Nördlingen
Gedruckt auf säurefreiem, chlorfrei gebleichtem Papier
Printed in Germany · ISBN 978-3-423-71401-3

Einarmige Banditen

Spartorte

»Lecker! Deine Kirschtorte ist mit Abstand die beste der Welt«, strahlte Justus und nahm seine Kuchengabel in die Hand. Stolz stellte Tante Mathilda die Torte auf den Tisch. »Ach, ich weiß nicht«, schmunzelte sie verlegen. In Wirklichkeit hatte sie schon mehrere Preise beim jährlichen Backwettbewerb in Rocky Beach gewonnen. Eine ganze Wand ihrer Küche war mit Urkunden zugehängt. Auch Peter und Bob saßen an diesem sonnigen Vormittag auf der Veranda und freuten sich über die Torte. Sie hatten sich hier verabredet, um anschließend zum Baden an den Strand zu fahren. Rocky Beach lag direkt am Pazifischen Ozean in Kalifornien. Die warme Luft war erfüllt mit dem süßen Duft der Kirschen. Justus stopfte ein großes Stück in seinen Mund und lehnte sich zufrieden zurück. »Gibt es heute keine Sahne dazu?«

Seine Tante wischte sich umständlich die Hände an der Schürze sauber. »Nun ja, es ist so: In der

Hitze, da kann Sahne schnell schlecht werden. Und heute ist es besonders heiß, versteht ihr?«

Sie war eine schlechte Lügnerin, denn dieser Tag war genauso heiß wie alle anderen. Schließlich nahm sie auf einem der Stühle Platz und fächerte sich mit der Hand Luft zu. »Ach Kinder, natürlich ist das Quatsch. In Wirklichkeit ist mal wieder meine Haushaltskasse leer. Seit Tagen lasse ich schon in Porters Geschäft anschreiben.«

Den drei Freunden war schlagartig der Appetit vergangen und Justus schämte sich, dass er nach der Sahne gefragt hatte. Der kleine Schrotthandel auf dem Grundstück warf in letzter Zeit nicht gerade viel Geld ab. Justus lebte zusammen mit seiner Tante und Onkel Titus am Stadtrand von Rocky Beach. Seine Eltern waren bei einem Unfall ums Leben gekommen, als er fünf Jahre alt war. Entschlossen stellte Justus seinen Teller zurück auf den Tisch. »Ach was. Sahne macht nur dick. Und die Torte müssen wir auch nicht gleich an einem Tag aufessen.« Wie auf Kommando schoben auch seine beiden Freunde ihre Teller von sich fort. Peter

wischte sich mit einer Serviette den Mund sauber. »Genau. Außerdem soll man vor dem Schwimmen eigentlich gar nichts essen, oder, Bob?«

»Mann, das hätten wir fast vergessen. Natürlich. Aber zum Glück kann man ja alles einfrieren.«

Tante Mathilda musste lächeln. Sie wusste, dass die drei in Wahrheit am liebsten weitergegessen hätten. »Ach was, so schlimm ist es nun auch wieder nicht. Auch wenn wir manchmal auf einiges verzichten müssen, Kirschtorte wird es im Hause Jonas immer geben. Wo kämen wir denn sonst hin? Außerdem habe ich den ganzen Keller voll mit eingeweckten Kirschen. So, und nun haut rein, Jungs.« Das ließen sich die drei nicht zweimal sagen und schnappten sich schnell wieder ihre Teller.

Nach dem dritten Stück spuckte Justus zufrieden einen Kirschkern in hohem Bogen in den Garten. »Ohne Sahne fühlt man sich gleich viel leichter.« Seine beiden Freunde sagten lieber nichts dazu. »Ich weiß, was ihr denkt«, lachte Justus. »Aber ich bin nicht dick, sondern nur ein paar Zentimeter zu kurz für mein Gewicht.«

In diesem Moment hörten sie, wie sich ein Auto mit kaputtem Auspuff näherte. Kurz darauf fuhr der alte Pick-up von Onkel Titus laut knatternd auf das Grundstück. Er war am Morgen aufgebrochen, um einen reparierten Kühlschrank zu verkaufen. Doch der stand immer noch auf der Ladefläche des Transporters. Tante Mathilda schüttelte enttäuscht den Kopf. »Ach, herrje. Er ist das Ding nicht losgeworden.«

Doch es kam ganz anders. Mit einem großen Satz sprang Onkel Titus aus dem Wagen und strahlte übers ganze Gesicht. Auf dem Kopf trug er einen weißen Cowboyhut und an seinem Hals baumelte ein Lederband mit goldenem Verschluss. Seine Frau ließ vor Schreck den Tortenheber fallen. »Titus! Was ist denn mit dir passiert?«

Lässig schlug ihr Mann die Autotür zu, zündete sich eine dicke Zigarre an und stieg gemächlich die Stufen zur Veranda hoch. Mit großen Augen starrten ihn alle an. Plötzlich griff Onkel Titus in seine Hosentasche und warf ein Bündel Geldscheine auf den Tisch. »Jackpot! Heute ist mein Glückstag. Ich habe gewonnen!«

Jackpot

Justus blieb die Kirschtorte im Hals stecken. »Du hast was?«

»Tja, da staunt ihr, oder? Manchmal hat man eben Glück. Das sind genau einhundert Dollar in kleinen Scheinen. Den Hut gab es dazu. Viva Las Vegas!« Ungläubig nahm seine Frau die Banknoten in die Hand. »Moment, Titus. Du willst mir doch nicht sagen, dass du heute Morgen in Las Vegas warst?« Ihr Mann ließ sich Zeit mit der Antwort. »Nun ja, nicht ganz. Las Vegas ist nach Rocky Beach gekommen. Auf dem Marktplatz gab es ein Glücksrad. Nur einmal habe ich gedreht und Bingo! Hauptgewinn!« Tante Mathilda ließ das Geld entsetzt fallen. »Las Vegas in Rocky Beach? Das ist unerlaubtes Glücksspiel! Da muss doch die Polizei gekommen sein. Was sagt Kommissar Reynolds dazu?«

»Der hat sogar mitgespielt. Leider hat der alte Pechvogel nichts gewonnen. Das ist eben nur was für

Glückspilze. Ich wusste es: Einmal im Leben kommt meine große Stunde.« Peter schüttelte verständnislos den Kopf. »Das versteh ich nicht. Glücksspiel ist doch in Kalifornien absolut verboten. Ich dachte, so etwas gibt es nur in Las Vegas?« Doch Onkel Titus winkte ab. »Keine Angst. Wir haben natürlich nicht plötzlich die gleichen Gesetze wie in Nevada. Aber Glücksspiel ist in Kalifornien nur dann strafbar, wenn man einen Einsatz zahlen muss. Auf dem Marktplatz durfte jeder umsonst drehen. Ich kann euch sagen, die Schlange war endlos lang. Halb Rocky Beach wollte sein Glück versuchen.« Justus war erleichtert. »Ach so. Jetzt verstehe ich. Dann war das so eine Art Verlosung.«

»Genau. Eine Verlosung. Jeder konnte mitmachen, ohne einen Cent zu riskieren. Doch nur ich hab den Jackpot geknackt. Das muss gefeiert werden.«

Blitzschnell griff seine Frau nach dem Geld und machte sich auf den Weg in die Küche. »Nichts da. Das wandert direkt in meine Haushaltskasse. Endlich kann ich die Schulden bei Porter bezahlen. Den Hut darfst du behalten.«

Enttäuscht setzte sich Onkel Titus auf einen Stuhl. »Tja, wie gewonnen, so zerronnen. Egal, dafür sind wir jetzt schuldenfrei. Und das, obwohl ich den Kühlschrank nicht losgeworden bin. Mein Kunde hat es sich im letzten Moment doch noch anders überlegt. Lausige Zeiten sind das.«

Bob ließ der Gedanke an das Glücksrad immer noch nicht los. »Warum fahren wir nicht auch schnell in die Stadt und versuchen unser Glück? Ich könnte hundert Dollar gut gebrauchen.«

»Das kann ich mir denken, Bob. Aber die haben gleich nach meinem Gewinn alles abgebaut und sind in einer riesigen Limousine davongefahren.« Justus knetete nachdenklich mit Daumen und Zeigefinger an seiner Unterlippe. »Also, so ganz verstehe ich das nicht. Warum machen die das? War das eine Werbeaktion?«

»Nun ja«, begann Onkel Titus. »Fast jeder, der am Rad gedreht hat, bekam diese Visitenkarte hier.« Justus nahm ihm das Kärtchen aus der Hand und las laut vor: »›*Jimmys Garage*. Vierundzwanzig-Stunden-Service‹. Und auf der Rückseite steht handgeschrieben: ›Kennwort Las Vegas‹. Versteht ihr das? Was soll das bedeuten?«

Doch sein Onkel konnte mit dem Namen etwas anfangen. »*Jimmys Garage* ist eine alte Autowerkstatt vier Meilen vor der Stadt. Früher habe ich dort oft Schrott aufgekauft. In den letzten Jahren war da aber nicht mehr viel los.«

»Und was soll uns dieses Kennwort sagen?«, fragte Bob und nahm Justus die Karte aus der Hand. Onkel Titus warf einen Blick auf das offene Küchenfenster. Man hörte, wie Tante Mathilda drinnen mit Geschirr herumklapperte. »Okay, wenn ihr schweigen könnt, dann erzähle ich euch die ganze Geschichte«, flüsterte er. Die drei ??? nickten neugierig.

»Also, auf dem Markplatz wurde tatsächlich immer wieder leise von verbotenen Glücksspielen gesprochen. Der dicke Mann, der mir die Karte übergeben hat, hat mir auch noch etwas ins Ohr geflüstert.« Justus, Peter und Bob beugten sich dicht zu ihm. »Er hat gesagt, wenn ich noch mehr gewinnen will, dann wird mir diese Karte weiterhelfen.«

Justus' Augen leuchteten auf. »Jetzt verstehe ich. In der Garage finden garantiert verbotene Glücksspiele mit richtigem Geldeinsatz statt. Das Glücksrad auf dem Marktplatz sollte nur die Leute anlocken. Oder, Onkel Titus?«

»Tja, das kann ich mir gut vorstellen. Geld verschenkt heutzutage nämlich niemand ohne Grund. Kommissar Reynolds wurde übrigens keine Karte überreicht. Er stand direkt vor mir in der Schlange.«

»Und was jetzt?«, fragte Peter ratlos.

»Na, was wohl«, lachte Bob. »Wir fahren natürlich sofort zu *Jimmys Garage*!«

Jimmys Garage

Peter war entsetzt. »Moment, Bob, du willst doch nicht bei diesen Glücksspielen mitmachen?«

»Nein, natürlich nicht. Aber wenn das tatsächlich so abläuft, dann müssen wir der Sache nachgehen.« Justus gab ihm Recht. »Das sehe ich genauso. Baden können wir auch an einem anderen Tag. Außerdem ist das Wochenende noch lang genug.« Nur sein Onkel war nicht einverstanden. »Moment, so schnell geht das nicht. Das ist erstens Sache der Polizei und zweitens werden die sicher keine Kinder hereinlassen.« Justus unterbrach ihn. »Das stimmt, Onkel Titus. Deshalb musst du auch mitkommen.«

»Was? Ich bin Wertstoffhändler und kein Kriminalkommissar. Das lassen wir schön sein. Vielleicht wär's das Beste, wenn ich die hundert Dollar gleich bei der Polizei abgeben würde ...« Justus sah ihn listig an. »Das mit der Polizei ist keine schlechte Idee. Aber was ist, wenn wir mit unserer Theorie danebenliegen und die Polizei nur Billardtische findet? Das wäre ganz schön peinlich.« Sein Onkel kam ins Grübeln. »Und was schlägst du vor, Justus?«

»Wir sollten einfach hinfahren und einen Blick in die Garage werfen. Dann können wir immer noch zur Polizei.«

»Na ja, wenn da tatsächlich keine Glücksspiele stattfinden, dann könnte ich ja eigentlich auch die hundert Dollar mit gutem Gewissen behalten.«

»Genau so ist es!«, strahlte Bob.

»Okay. Fahren wir zu *Jimmys Garage*. Tante Mathilda sagen wir, dass ihr mir bei einem anderen Kunden mit dem Kühlschrank helft. Ihr müsst mir aber versprechen, dass ihr dort im Auto wartet. Abgemacht, Justus?«

»Ehrenwort, Onkel Titus. Wir warten im Auto.«

Kurz darauf saßen sie zu dritt auf der Rückbank des alten Pick-ups.

»Und du hast wirklich noch einen anderen Käufer für den Kühlschrank gefunden, Titus?«, fragte Tante Mathilda, als der Motor angelassen wurde.

»Äh, ja, genau. Ich bin froh, dass die Jungs

mir beim Ausladen helfen. Du weißt doch, mein Rücken.«

Dann kurbelte er schnell das Seitenfenster hoch und gab Vollgas.

Um *Jimmys Garage* zu erreichen, mussten sie mehrere Kilometer über einen alten Schotterweg fahren. Bob fiel bei dem Geruckel fast die Brille von der Nase. »Kein Wunder, dass die Geschäfte für die Werkstatt schlecht laufen. Das findet ja kein Mensch.«

»Das stimmt«, lachte Onkel Titus. »Aber wer den Weg durch die Schlaglöcher geschafft hat, dessen Auto braucht ganz sicher eine Reparatur. Das hält keine normale Achse aus. Seht mal, dahinten ist schon *Jimmys Garage.*«

Vor der schäbigen Werkstatt standen bereits einige andere Autos und ein großer Lastwagen. Sie waren anscheinend nicht die Einzigen, die sich auf den Weg gemacht hatten. Onkel Titus parkte den Pick-up im Schatten einer hohen Palme. »So, ich geh da jetzt kurz rein und ihr wartet hier. Verstanden, Justus?«

»Klar, wir warten. Versprochen ist versprochen. Hast du überhaupt Geld dabei? Vielleicht kostet es Eintritt?«

»Ja, ein paar Dollars hat mir deine Tante noch gelassen. Bis gleich.« Die drei beobachteten, wie Onkel Titus hinter einem rostigen Garagentor verschwand.

Nach einigen Minuten trafen weitere Autos ein. Bob kurbelte die Scheibe herunter. »Ich würde zu gerne wissen, was da los ist.« Plötzlich öffnete Justus die Tür.

»Just! Was soll das?«, zischte Peter. »Wir haben doch deinem Onkel versprochen, hier drin zu warten.« Doch sein Freund kletterte bereits ungerührt aus dem Auto. »Stimmt. Aber wie lange wir warten, haben wir nicht gesagt. Kommt, wir riskieren schnell einen Blick und sind in einer Minute zurück.« Schließlich folgten ihm die beiden zögernd. Peter sah sich ängstlich um. »Ich kenn deine Minuten, Just. Ich hab kein gutes Gefühl bei der Sache.«

Zielstrebig ging Justus auf die Garage zu. Gerade waren Mister Porter und ein anderer Mann im Gebäude verschwunden. Nach einem kurzen Blick in die Werkstatt war klar, dass hier schon lange keine Autos mehr repariert wurden. Überall lagen kaputte Reifen und verstaubte Blechteile herum. Auf einer langen Werkbank stapelten sich rostige Werkzeuge.

Vorsichtig betraten sie die Halle. Plötzlich wurde Bob an der Schulter gepackt. Er wollte schreien, brachte aber in der staubigen Luft nur ein heiseres Husten hervor.

»Nicht erschrecken, mein Junge. Ich werde dich nicht gleich auffressen.« Hinter ihnen stand ein bärtiger alter Mann in einem ölverschmierten Overall. Im Mund hatte er nur noch einige Zähne, zwischen denen ein erloschener Zigarrenstummel hing. »Was seht ihr mich so an? Ich bin Jimmy. Mir gehört der Laden. Was wollt ihr?« Justus holte tief Luft und stotterte: »Äh, Kennwort Las Vegas.« Jimmy glotzte ihn mit großen Augen an. »Was? Ich lach mich tot. Ihr Lausejungs wollt eu-

er Glück versuchen? Na, ihr fangt aber früh an. Dagegen war ich ja ein Waisenknabe. Tja, tut mir leid. Aber Kinder darf ich nicht reinlassen.«

Bob platzte fast vor Neugier. »Wo reinlassen? Was ist denn hier eigentlich los?«

Jimmy kaute unschlüssig auf seiner Zigarre und musterte sie misstrauisch. »Moment, ihr wollt mir weismachen, dass ihr nicht wisst, was hier gespielt wird, hä?« Justus holte tief Luft. »Natürlich wissen wir das. Sonst hätten wir wohl kaum das Kennwort gesagt, oder?«

Der alte Mann strich sich nachdenklich über die fettigen Haare. »Nun ja. Da habt ihr auch wieder recht. Also gut, kommt mit, von dort hinten kann man reingucken.«

Er führte sie ans Ende der Halle und zeigte auf ein verschmiertes schmales Fenster. Mit etwas Spucke versuchte er, es freizuwischen. »So, jetzt könnt ihr mal einen Blick reinwerfen. Das hier ist das neue Spielerparadies von Rocky Beach!«

Einarmige Banditen

Die drei ??? trauten ihren Augen nicht. Durch das schmierige Fenster blickten sie in einen großen Raum, der mit blinkenden Spielautomaten vollgestellt war. In der Mitte drängten sich viele Menschen um einen großen Roulettetisch. Jimmy beobachtete gebannt die kreisende Kugel. »Ich wette auf die Siebzehn. Die Roulettekugel fällt bestimmt in die Siebzehn.« Seine Hände zitterten, als er das sagte. Doch dann fiel die Sechs.

»Kennen Sie sich mit Glücksspielen aus?«, fragte Bob interessiert.

»Natürlich. Das ist mein Leben. Roulette, Black Jack, Poker, Einarmige Banditen – ich hab alles rauf und runter gespielt.« Peter sah ihn erstaunt an. »Einarmige Banditen? Was ist das denn?«

»Das kann ich dir erklären. Da, seht ihr die vielen bunten Automaten an der Wand? Man steckt einen Vierteldollar hinein und zieht an dem langen Hebel an der Seite. Das ist so, wie wenn ihr einem einarmigen Gauner die Hand schüttelt. Dann drehen sich ein paar Walzen in dem Apparat und mit Glück gewinnt man. In Las Vegas stehen welche, die können über eine Million Dollar ausspucken.«

»Waren Sie denn schon einmal in Las Vegas?«

»Aber natürlich, mein Junge. Ich war mal ganz groß auf der Gewinnerstraße unterwegs. Unzählige Dollars flossen durch meine Hände. Gewohnt hab ich in den besten Hotels. Das *Mirage, Caesars Palace, Flamingo, Stardust* oder das *Hard Rock Hotel.* Das ist eine Stadt, kann ich euch sagen! Mitten in der Wüste und es kommen täglich Hunderttausende, um ihr Glück zu versuchen. Dort gibt es keinen Tag und keine Nacht. Da zählen nur die Dollars. Und wenn du nichts mehr hast, dann wirst du aus der Stadt gejagt. Ach, das waren Zeiten ...«

»Und jetzt haben Sie nichts mehr von dem vielen Geld?«

»Alles weg. Der Teufel hat das Spiel erfunden. Meine Werkstatt ist den Bach runtergegangen und nun steh ich mit leeren Taschen da. Ich hab an den Automaten alles verloren. Sogar warmes Bier muss ich jetzt trinken – der Kühlschrank hat den Geist aufgegeben. Aber ich kann euch sagen, ich brauch nur noch einmal eine Handvoll Dollars, dann geht's ab nach Vegas und ich hol mir alles zurück. Jawohl, so wahr ich hier stehe.« Justus blickte immer noch durch die dreckige Scheibe. »Und was haben Sie mit dieser Sache hier zu tun? Glücksspiel ist doch in Kalifornien verboten!«

»Und wie das verboten ist. Aber das ist ja auch nicht mein Spielerparadies. Ich vermiete Dan und Ben nur die Räume und sehe zu, dass keine falschen Leute reinkommen. Zumindest bringt mir das ein wenig Geld ein.«

In diesem Moment erkannte Justus seinen Onkel vor einem der Einarmigen Banditen. »Ich werd verrückt. Onkel Titus steckt Geld in den Kasten.« Peter und Bob pressten ihre Nasen gebannt an die Scheibe.

»Ja, ja, die Spielsucht packt jeden«, murmelte Jimmy und öffnete eine Bierdose.

Sie beobachteten, wie Onkel Titus am Hebel des Einarmigen Banditen zog und sich kurz darauf enttäuscht abwendete.

»Achtung, er geht jetzt auf den Ausgang zu. Schnell, wir müssen wieder zurück zum Pick-up!«

»He, wo wollt ihr so eilig hin?«, rief Jimmy ihnen hinterher. Doch die drei ??? waren schon längst aus der Halle gelaufen. Sekunden später saßen sie wieder auf der Rückbank.

»Wenigstens auf euch kann man sich verlassen«, brummte Onkel Titus, als er in den Wagen stieg. »Ihr drei hattet recht mit eurem Verdacht. Da drin stehen eine Menge illegaler Spielautomaten, die einem die letzten Cents aus der Tasche ziehen.« Justus tat empört. »Du hast gespielt?«

»Natürlich hab ich das. Ihr wolltet doch Beweise haben. Ich musste natürlich testen, ob die auch echt sind. Lasst uns jetzt schnell zur Polizei fahren und dann ab nach Hause. Auf dem Weg muss ich mir noch eine gute Ausrede einfallen lassen, warum ich den blöden Kühlschrank nicht losgeworden bin.« Doch Justus hatte eine Idee. »Onkel Titus, warum fragst du nicht mal in der Werkstatt nach. Da lief eben so ein bärtiger Mann herum und schimpfte über sein warmes Bier.«

»Das muss Jimmy gewesen sein. Na gut, versuchen kann ich es ja mal. Ich bin gleich wieder da.«

Nach fünf Minuten kam er strahlend zurück. »Justus, deine Idee war ausgezeichnet. Jimmys Kühlschrank ist seit Wochen kaputt. Ich habe ihm einen guten Preis gemacht. Kommt, helft mir beim Ausladen. Wir sollen den einfach hier abstellen.«

Pizza-Stopp

Titus Jonas freute sich, dass er endlich seinen Kühlschrank losgeworden war und startete den Motor. »Kein schlechter Tag. Erst die hundert Dollar und jetzt hab ich auch noch Geld verdient, um meinen kaputten Auspuff zu reparieren.«

Doch Justus erinnerte ihn an das illegale Glücksspiel. »Du vergisst, dass wir zur Polizei wollten. Vielleicht musst du die hundert Dollar wieder abgeben.«

Mürrisch gab sein Onkel Gas und sie fuhren den Schotterweg zurück.

Der Marktplatz war zur Mittagszeit menschenleer. Von dem Aufruhr am Morgen war keine Spur mehr zu sehen. Entschlossen schritt Onkel Titus auf das Polizeirevier zu. »Reynolds wird Augen machen, wenn ich ihm von der Sache erzähle. Einer muss diesen Kerlen ja das Handwerk legen.«

Hinter dem Tresen der Polizeiwache wurden sie von einem Beamten begrüßt. »Guten Tag, mein

Name ist Raider, Sergeant Raider. Was kann ich für Sie tun?«

»Wir würden gerne Kommissar Reynolds sprechen«, antwortete Justus.

»Oh, tut mir leid. Der Kommissar macht gerade Mittagspause. Kann ich vielleicht weiterhelfen?« Onkel Titus beugte sich zu ihm herüber. »Ja, wir haben nämlich eine illegale Spielhölle entdeckt. Keine vier Meilen vor der Stadt in *Jimmys Garage*. Ich kann das bezeugen.« Dem jungen Polizisten stand der Mund offen. »Moment, wie darf ich das verstehen?«

Jetzt mischte sich Bob ein. »So, wie er es gesagt hat. Roulette, Poker, Einarmige Banditen – das ganze Programm.« Der Polizist blickte ihn verwirrt an und nahm einen Stift in die Hand. »Nicht so schnell. Ich muss mir das alles aufschreiben. *Jimmys Garage*, sagten Sie?«

Nun berichtete Onkel Titus die Geschichte in allen Einzelheiten. Am Ende hatte der Beamte eine ganze Seite vollgeschrieben. »Das ist ja eine verrückte Sache«, staunte Sergeant Raider. »Ich werde

es gleich Kommissar Reynolds vorlegen. Der wird sich darum kümmern. Unglaublich.«

Sie verabschiedeten sich und gingen wieder zurück zum Pick-up.

Auf dem Weg kamen sie an *Norris' Bar* vorbei. Direkt neben dem Eingang standen neuerdings Stühle und Tische auf dem Bürgersteig. Es roch nach Pizza und die drei blickten Onkel Titus mit hungrigen Augen an. »Ja, ja, ich hab schon verstanden. Ihr habt Kohldampf. Ist auch kein Wunder. Immerhin ist die Mittagszeit schon fast vorbei. Zum Glück habe ich gerade den Kühlschrank verkauft. Okay, setzen wir uns hin.«

Kurz darauf kam die Bedienung an den Tisch. Die drei ??? erkannten den älteren Jungen sofort. Es war Skinny Norris – kein guter Freund von ihnen. »Was wollt ihr denn hier?«, brummte er sie an. »Bekommt ihr zu Hause nichts zu essen?«

»Skinny! Du sollst höflich zu den Gästen sein!«, schimpfe eine Stimme aus der Bar.

»Ja, ist schon okay, Dad. Der Kunde ist König, ich weiß. Also, was soll's sein?« Sie bestellten jeder eine Pizza und eine Cola. Zehn Minuten später knallte ihnen Skinny das Essen auf den Tisch. »Bitteschön. Wohl bekomm's!« Onkel Titus drückte ihm ebenso unhöflich das abgezählte Geld in die Hand.

»Wie, kein Trinkgeld?« Leise schimpfend verschwand der Junge wieder in der Bar. Onkel Titus schüttelte den Kopf. »Wenn ich so unfreundlich zu meinen Kunden wäre, dann hätte ich bald keine mehr.«

Justus blickte nervös zum Polizeirevier. »Da tut

sich nichts. Kommissar Reynolds scheint immer noch beim Mittagessen zu sein. Ich würde ja zu gerne sehen, wie sie die Spielhölle auffliegen lassen.«

Erst als sie alle ihre Pizzas aufgegessen hatten, öffnete sich plötzlich die Tür der Polizeiwache und Kommissar Reynolds kam mit Sergeant Raider herausgelaufen. Bob zeigte aufgeregt in die Richtung. »Seht ihr! Jetzt geht's los. Schade, dass wir nicht dabei sind.« Onkel Titus wischte sich nachdenklich mit einer Serviette den Mund sauber. »Nun ja, wir könnten hinterherfahren. Schließlich ist es unser Verdienst, wenn den Leuten das Handwerk gelegt wird.« Die drei ??? strahlten ihn an. »Aber eins müsst ihr mir versprechen ...«

»Ich weiß«, unterbrach ihn Justus. »Wir sollen im Auto sitzen bleiben und warten.«

Kurz darauf rasten die beiden Beamten in einem Polizeiwagen über den Markplatz. Die drei ??? und Onkel Titus saßen bereits im Pick-up und folgten dem Einsatzfahrzeug.

Mittlerweile war es unerträglich heiß geworden und Justus kurbelte die Scheibe herunter. »Ich schwitz mich tot, Onkel Titus. Wenn nach dem Auspuff noch Geld übrig ist, dann musst du auch die Klimaanlage reparieren.«

Vor *Jimmys Garage* stand kein einziges Auto mehr. Onkel Titus stellte seinen Pick-up wieder unter der Palme ab. »Merkwürdig, alle weg. Machen die hier auch Mittagspause?«

Der Polizeiwagen parkte direkt vor dem Eingang und die beiden Beamten stiegen gerade aus. Auch Onkel Titus öffnete die Tür. »Okay, ich will mal nicht so sein. Ihr könnt mitkommen. Wenn die Polizei dabei ist, wird wohl kaum etwas passieren.«

Kommissar Reynolds erkannte die drei ???. Schon oft hatten sie ihm bei schwierigen Fällen geholfen. »Ah, meine Spezialeinheit«, begrüßte er Justus, Peter und Bob freundlich. »Von euch kam also der Hinweis. Dann lasst uns mal sehen, was wir hier vorfinden.«

Polizeikontrolle

Gemeinsam näherten sie sich der Garage. Jimmy, der Besitzer, war gerade damit beschäftigt, seinen neuen Kühlschrank mit Bierdosen aufzufüllen. Als er die Beamten bemerkte, sah er sie mit großen Augen an. »Na, so etwas. Die Polizei in meiner bescheidenen Werkstatt. Was kann ich für Sie tun? Haben Sie eine Autopanne?«

»Hören Sie auf mit den Scherzen!«, entgegnete der Kommissar grimmig. »Wir wissen, was sich in Ihrer Halle abspielt. Öffnen Sie die Tür – aber ein bisschen plötzlich!«

Gelassen nahm Jimmy einen großen Schluck aus seiner Bierdose. »Wenn Sie mich so nett bitten, dann kann ich nicht widerstehen. Ich bitte einzutreten.« Mit Schwung öffnete der bärtige Mann die große Blechtür. Kommissar Reynolds nahm seine Sonnenbrille ab und blinzelte in die schummrige Halle. Sie war komplett leer.

Onkel Titus konnte es nicht fassen. »Moment,

das ist unmöglich. Noch vor einer guten Stunde stand hier alles voller Automaten. Ja, genau dort in der Mitte war sogar ein Roulettetisch. Wo sind die ganzen Menschen hin?«

»Was für Menschen? Hier hat sich seit Tagen keiner mehr blicken lassen. Die Geschäfte laufen schlecht. Wollen Sie ein Bier?« Jimmy sah den Kommissar mit einem unverschämten Grinsen an.

Dieser setzte sich verärgert die Sonnenbrille wieder auf. »Mister Jonas, sind Sie auch sicher, das alles gesehen zu haben?« Onkel Titus war empört. »Aber natürlich! Ich habe doch keinen Sonnenstich!« Gerade wollte Justus beichten, dass sie den Pick-up verlassen hatten und die Aussage seines Onkels bestätigen konnten. Doch der Kommissar kam ihm zuvor. »Ist schon gut, Mister Jonas. Ich glaube Ihnen ja. Betreiber von illegalen Glücksspielen sind nicht auf den Kopf gefallen. Sie können innerhalb kürzester Zeit verschwinden. Wahrscheinlich haben die Burschen von unserem Besuch Wind bekommen.«

Bob fiel der große Lastwagen ein, den sie auf dem Gelände gesehen hatten. »Hier stand vorhin noch ein riesiger blauer LKW. Ich wette, dort hat man die ganzen Automaten reingepackt. Die sind jetzt wahrscheinlich auf und davon.«

»Das ist gut möglich. Ich werde eine Fahndung herausgeben. Viel Hoffnung mache ich mir allerdings nicht. In Kalifornien gibt es Tausende dieser Fahrzeuge. Solche Leute muss man auf frischer Tat ertappen, sonst hat man kaum eine Chance. Und Sie, Jimmy – wir sprechen uns noch.«

»Habe die Ehre, Herr Oberkommissar«, grinste dieser und prostete ihm mit der Bierdose zu. Doch als der Polizist sich abwendete, warf Jimmy den drei ??? einen verächtlichen Blick zu.

»Der ist stinksauer auf uns«, flüsterte Peter.

Wütend stieg der Kommissar wieder in den Streifenwagen. »Verdammt, wir sind wahrscheinlich nur ein paar Minuten zu spät gekommen. Diese Bande treibt sich schon seit Wochen in Kalifornien herum.«

»Rocky Beach ist also nicht die erste Stadt, in der Glücksspielautomaten aufgestellt wurden?«, fragte Justus neugierig.

»Nein, gerade gestern habe ich die Information

aus Los Angeles bekommen. Sie bleiben immer nur kurz in einer Stadt und suchen sich jedes Mal solche heruntergekommenen Orte aus. Mal eine alte Fabrik oder, wie hier, eine abgelegene Werkstatt. Diesen Jimmy haben die wahrscheinlich mit ein paar Dollars gelockt. Von der Masche mit dem Glücksrad wusste ich bisher nichts. Sonst hätte ich heute Morgen ganz anders reagiert. Ich dachte, es wäre wieder irgend so eine Werbeaktion. So, jetzt muss ich einen Bericht schreiben. Das Wochenende ist auf jeden Fall verdorben.« Dann fuhren die beiden Beamten im Streifenwagen davon und hinterließen eine Staubwolke.

»Ich bin mir nicht sicher, ob die tatsächlich die Stadt verlassen haben«, murmelte Justus nachdenklich.

Als sie zum Pick-up gingen, entdeckte Peter auf dem Boden eine zerknitterte Karte. Während der Rückfahrt faltete er sie vorsichtig auseinander. »Hier, seht mal, was ich gefunden habe!« Neugierig nahm ihm Bob das Papier aus der Hand. »Das ist ein Teil einer Postkarte aus Las Vegas. Jemand muss sie zerrissen haben. Ich denke, das ist kein Zufall, oder Just?«

»Das glaube ich auch nicht. Seht mal, auf der Rückseite hat jemand etwas geschrieben: ›Calimbra‹. Der Rest ist abgerissen und kaum zu lesen. Nur zwei Buchstaben: H und a. Seltsam.«

Als sie wieder den Schrottplatz erreichten, wurden sie schon sehnsüchtig von Tante Mathilda erwartet. »Wo bleibt ihr denn? Seit Stunden warte ich hier mit meinem Mittagessen. Na, immerhin seid ihr den alten Kühlschrank losgeworden. Beeilt euch! Das Essen steht auf dem Tisch.«

Trotz der Pizza im Bauch rannte Justus hungrig zur Veranda. Es gab Spaghetti – eins seiner Lieblingsessen. Die anderen waren immer noch satt und stocherten lustlos in den Nudeln herum.

»Wehe, ihr erzählt, dass wir schon eine Pizza hatten!«, flüsterte Onkel Titus, als seine Frau kurz in der Küche war. »Ich verzieh mich jetzt in meine

Werkstatt und repariere einen anderen Kühlschrank. Von Glücksspielen habe ich für heute erstmal genug.«

Bob nahm einen Schluck Saft und lehnte sich zurück. »So, und was machen wir jetzt? Zum Baden ist es ja wohl zu spät, oder Just?«

»Na, was wohl«, erwiderte sein Freund. »Wir fahren zur Kaffeekanne – schließlich haben wir einen Fall zu lösen.«

Peter und Bob wussten, dass Justus in solchen Situationen nicht aufzuhalten war. Ohne zu widersprechen, standen sie mit ihm auf, setzten sich auf ihre Räder und verschwanden durch die Toreinfahrt.

Obwohl Justus das klapprigste Rad von allen hatte, fuhr er vorneweg. »Peter, hast du die Karte noch?«

»Natürlich«, schnaufte dieser.

»Gut. Das ist im Moment der einzige Hinweis, den wir haben.«

»Ein Hinweis? Worauf?«

»Na, vielleicht auf den Ort, an dem sich die Spieler beim nächsten Mal treffen. Erst wurden die

Visitenkarten von *Jimmys Garage* verteilt, jetzt haben wir diese seltsame Postkarte. Ein Glück, dass sie jemand verloren oder weggeworfen hat.«

Sie fuhren eine Weile die Küstenstraße entlang und bogen schließlich in einen schmalen Seitenweg ein. Es war der Weg zu ihrem Geheimversteck: der Kaffeekanne. Sie lag direkt neben stillgelegten Eisenbahngleisen und war in Wirklichkeit ein ausrangierter Wassertank für die alten Dampflokomotiven.

Jetzt konnte man über eine rostige Leiter ins Innere klettern.

Justus öffnete die kleine Luke über sich und stickige Luft kam ihm entgegen. »Puh, hier bräuchten wir auch mal eine Klimaanlage«, grinste er.

Wenig später saßen sie im Kreis um eine Holzkiste herum, die ihnen als Tisch diente. Peter legte die Postkarte darauf ab. »Viel haben wir nicht. Zu blöd, dass die Karte zerrissen ist. H und a. Was könnten diese beiden Buchstaben nur bedeuten?«

Kaffeekannenrätsel

Justus knetete nachdenklich seine Unterlippe. »Wir müssen es herausbekommen! Es ist garantiert der Schlüssel zum nächsten Treffpunkt.«

»Warum hat eigentlich dein Onkel nicht so eine Karte in die Hand gedrückt bekommen?«, überlegte Bob.

»Vielleicht, weil er nur so kurz in der Garage war. Die suchen wahrscheinlich nach richtigen Spielern, die ihr ganzes Geld verzocken. Onkel Titus hatte doch nur ein paar Dollars in der Brieftasche. Lasst uns jetzt überlegen, was die beiden Buchstaben bedeuten sollen!«

Peter nahm sich einen Zettel und schrieb lauter Wörter auf, die mit H a begannen. »Hammerhai, Halunke, Hagel, Hampelmann, Hatschi . . .«

»Nun hör schon auf, Peter!«, unterbrach ihn Justus. »Es muss natürlich Sinn machen. Wir suchen einen Treffpunkt, einen Ort. Bei einem Hammerhai kann man sich ja wohl schlecht treffen.«

Bob wühlte währenddessen in alten Apfelsinenkisten und fand ein zerfleddertes Wörterbuch. »Es nützt nichts. Wir müssen systematisch vorgehen. Ich lese jetzt alle Wörter vor, die mit H a beginnen. Also: Haare, Habe, Habsucht, Hackepeter . . .«

Bei jedem Wort schüttelten seine beiden Freunde genervt die Köpfe. »... Hackfleisch, hadern, Hafen, Hafergrütze . . .«

»Moment! Wie war das?«, unterbrach ihn Peter.

Jetzt klingelte es auch bei seinen beiden Freunden. »Hafen!«, wiederholten sie alle gleichzeitig.

Justus ballte die Faust. »Natürlich! Wieso sind wir nicht gleich darauf gekommen? Der nächste Treffpunkt für die Spieler ist garantiert unser kleiner Fischereihafen. Und jetzt wird mir auch klar, was ›Calimbra‹ zu bedeuten hat. Das ist bestimmt ein Schiff. Klar, die sammeln alle Leute ein und fahren mit denen aufs Meer hinaus. Dort werden sie beim Glücksspiel wenigstens nicht von der Polizei überrascht. Genial!«

»Meinst du, es geht heute schon los?«, fragte Bob.

Justus sah auf die Uhr. »Das kann ich mir kaum vorstellen, denn es ist schon recht spät. Ich denke, wir treffen uns gleich morgen früh um neun wieder hier und suchen dann im Hafen nach der Calimbra.«

Die drei verschlossen ihr Geheimversteck und fuhren zurück nach Rocky Beach.

»Dann bis morgen«, verabschiedete sich Justus und fuhr durch die große Toreinfahrt.

Onkel Titus bastelte vor seinem Schuppen immer noch an einem alten Kühlschrank herum. »Hallo,

Just. Das schrottreife Ding habe ich auch bald wieder hingekriegt. Und wenn den Kasten keiner kaufen will, dann werde ich ihn einfach in meinen Pick-up einbauen. Was hältst du davon?«

»Gute Idee. Dann haben wir unterwegs immer kalte Cola.« Bis zum Abendbrot half Justus seinem Onkel mit dem Kühlschrank. Von ihm hatte er schon vieles gelernt und konnte ohne weiteres einen kaputten Rasenmäher reparieren.

»Onkel Titus, warst du eigentlich schon mal in Las Vegas?«

»In Vegas? Ja, vor Jahren mal mit deiner Tante. Wir haben uns eine der großen Shows angeguckt und sind abends durch die Stadt gebummelt. Dort kannst du hingehen, wo du willst. Überall gibt es Spielautomaten, die einem das Geld aus der Tasche ziehen. Früher war das alles einmal Wüste. Nur Sand, Skorpione und Kakteen. Indianerland eben. Und da herrschten andere Gesetze. Deshalb ist auch heute noch in Nevada das Glücksspiel erlaubt. In den anderen amerikanischen Staaten gibt es das nicht. Alle Spieler zieht es nach Las Vegas. Und die Stadt

wächst und wächst. Alles wird immer größer, höher und noch unglaublicher. Die haben den Eiffelturm und halb Venedig nachgebaut – komplett überdacht. Alles vom Geld der Millionen Spieler, die in die Stadt kommen. Tja, am Ende gewinnen eben immer die Casinos.«

»Und warum spielen die Leute, wenn doch klar ist, dass sie verlieren?«

»Tja, das ist eine gute Frage. Eigentlich weiß es jeder und dennoch lockt die Aussicht auf das große Geld. Ich habe damals übrigens keinen Cent in die Automaten gesteckt.«

»Weil du nicht an dein Glück geglaubt hast?«

Onkel Titus lachte. »Das schon, aber deine Tante stand die ganze Zeit hinter mir.«

Am Horizont verschwand allmählich die Sonne und der Himmel färbte sich dunkelrot.

In der Nacht träumte Justus von riesigen Geldbergen, die aus bunten Automaten rasselten.

Am nächsten Morgen wurde Justus vom knatternden Auspuff des Pick-ups geweckt. Verschlafen trottete er zum Fenster und blickte über den Schrottplatz. Gerade verließ Onkel Titus mit dem reparierten Kühlschrank auf der Ladefläche das Grundstück. In diesem Moment fiel Justus die Verabredung an der Kaffeekanne ein. Es war schon zwanzig vor neun. In Windeseile zog er sich an, rannte, noch mit der

Zahnbürste in der Hand, die Treppe hinunter und schnappte sich in der Küche einen Apfel. Tante Mathilda sah ihn verstört an. »Justus, was ist los? Kein Frühstück?«

»Ich mach Diät«, grinste er und war schon nach draußen zu seinem Fahrrad verschwunden. Seine Tante rief ihm aus dem Küchenfenster hinterher. »Justus, du bist nicht dick! Du musst nur ein bisschen wachsen, dann stimmt es wieder!«

Doch Justus hatte im Moment andere Sorgen. Er wollte auf keinen Fall zu spät bei seinen Freunden sein. In letzter Sekunde erreichte er die Kaffeekanne.

Die beiden warteten schon. Peter saß oben auf dem Dach. »Hallo, Just. Hast du verschlafen?«

»Wieso? Sieht man das?«

»Ja, dein ganzes Gesicht ist noch voller Zahnpasta«, lachte Bob.

Traumschiff Calimbra

Es war an diesem Morgen noch angenehm kühl und vom Pazifik her wehte ihnen eine frische Brise entgegen. Der Hafen lag einige Kilometer von der Kaffeekanne entfernt und voller Tatendrang sprangen sie auf ihre Räder. Die letzten zweihundert Meter ging es in engen Kurven nur noch bergab und Bob nahm die Beine von den Pedalen. »So macht Radfahren Spaß. Endlich Schluss mit dem blöden Gestrampel. Später kaufe ich mir mal ein Motorrad. So eine richtig dicke Harley. Da braucht man nur Gas zu geben.«

Der kleine Hafen lag geschützt in einer felsigen Bucht. Die meisten Fischerboote waren um diese Zeit schon weit draußen auf dem Meer. Nur einige alte Männer saßen vor den Blechschuppen und flickten Netze. Hungrige Möwen kreisten über ihnen. Vor dem Hafenbüro stellten die drei ??? ihre Räder ab.

»Was treibt euch denn so früh aus den Federn?«, begrüßte sie ein Mann in einem blauen Wollpullover.

Es war Ernesto Porto, der Hafenmeister. Die drei hatten ihn selten mit einem anderen Pullover gesehen.

»Wir suchen die Calimbra«, platzte es aus Peter heraus.

»So so, die Calimbra. Wollt ihr damit ersaufen?«

Justus verstand nicht ganz, was der Hafenmeister damit meinte. »Wieso ersaufen?«

»Na, weil die Calimbra ein alter Seelenverkäufer ist. Eigentlich ist der Dampfer längst schrottreif, doch gestern kamen zwei Männer und haben den Kutter für eine ganze Woche gemietet. Weiß der Teufel, was die damit vorhaben. Ich würde jedenfalls keinen Fuß auf die Rostwanne setzen. Schönen Tag noch.«

Mit diesen Worten ging er wieder in sein Büro und schloss die Tür hinter sich.

Lange brauchten die drei ??? nicht nach der Calimbra zu suchen. Sie war eines der größten Schiffe, die an der Kaimauer festgemacht hatten. Bob betrachtete das rostige Frachtschiff. »Ein Wunder, dass der Kahn überhaupt noch über Wasser bleibt.« Doch Justus schien sich davon nicht aufhalten zu lassen.

»Wir sind wieder einen Schritt weiter. Los, wir sehen uns die Calimbra mal genauer an.«

Aus der Nähe sah das Schiff noch viel schlimmer aus. Überall hingen zerrissene Taue vom Deck herunter und der Rumpf war übersät mit Rostflecken. Vorsichtig betrat Justus die wackelige Treppe, die auf das Schiff führte. »Hallo? Jemand an Bord?«, rief er.

Peter hielt ihn zurück. »Moment, Just. Du willst doch nicht auf dieses schwimmende Grab steigen?«

»Ach was, so schnell geht das schon nicht unter. Außerdem ist es im Hafenbecken so flach, dass die

Calimbra gleich auf Grund liegen würde. Was ist? Wir haben schließlich einen Fall zu lösen!« Zögernd folgten ihm Peter und Bob.

Bei jedem Schritt an Deck knarrten die rissigen Holzbohlen unter ihnen. Eine hungrige Möwe nahm kreischend Reißaus und ließ einen abgebissenen Fischkopf zurück. Es roch nach Schiffsdiesel und Seetang. Bob versuchte, durch eines der vielen Fenster der Decksaufbauten zu blicken. »Komisch, es sieht so aus, als ob von innen alles mit schwarzer Folie verklebt worden wäre.« Justus machte diese Tatsache noch neugieriger. »Das heißt, wir sind auf dem richtigen Weg. Nur wer etwas zu verbergen hat, klebt seine Scheiben zu.«

Schließlich entdeckten sie am Heck eine schmale Tür. Sie war nur mit einem Draht verschlossen, den Justus schnell entfernt hatte. »Mir nach«, flüsterte er und verschwand im Dunkeln.

Nur wenige Sonnenstrahlen gelangten durch dünne Risse in der schwarzen Folie ins Innere des Schiffs. Die drei ??? standen jetzt in einem großen Raum und wollten ihren Augen nicht trauen.

»Ich fasse es nicht«, flüsterte Peter. »Die ganzen Automaten aus *Jimmys Garage*. Wir hatten Recht mit unserer Theorie. Die haben die Einarmigen Banditen einfach hierher verfrachtet.«

Bob ging auf den großen Roulettetisch in der Mitte des Raumes zu. »Das ist kein schlechter Ort. Die Polizei würde niemals auf die Idee kommen, dass hier illegale Glücksspiele stattfinden.« Dann nahm er die Kugel und ließ sie in dem runden Kessel kreisen. »Ich wette auf die Drei. Drei ist meine Glückszahl.« Justus blickte unterdessen durch einen kleinen Riss in der schwarzen Folie. »Hör auf, Bob! Wir haben gleich ganz andere Sorgen. Da kommt gerade eine riesige Limousine angefahren. Der Wagen ist bestimmt zehn Meter lang.«

Während Bob fasziniert auf die rollende Kugel starrte, rannte Peter entsetzt zu Justus. »Was machen wir jetzt? Oh, nein! Da steigen zwei Typen aus und kommen direkt auf uns zu. Bob! Komm her und guck dir das an!« Doch Bob stand regungslos vor dem Roulettetisch. Soeben war die Drei gefallen. Dann erst lief er zu seinen beiden Freunden.

In diesem Moment betraten die Männer die Treppe. Erschrocken wichen die drei ??? vom Fenster zurück. »Beeilung!«, zischte Peter. »Wir müssen uns verstecken. Dahinten ist eine Tür. Los!«

So schnell sie konnten, rannten sie auf die Tür zu. Dahinter befand sich die winzige Schiffsküche. Sie schien seit Ewigkeiten nicht mehr benutzt worden zu sein. Aus den Schränken waren die Klappen herausgebrochen und auf dem Boden lag zerschlagenes Geschirr. In der Tür befand sich eine kleine runde Glasscheibe, durch die man in den Raum mit den Automaten sehen konnte. Von draußen hörten sie bereits schwere Schritte auf dem Deck poltern.

»Verdammt, die kommen gleich rein«, flüsterte Peter ängstlich. Vorsichtig blickten die drei durch die dreckige Glasscheibe. Dann wurde die Eingangstür aufgestoßen.

»He, Dan! Was soll das? Wer hat den Draht abgemacht?«

»Ich war's nicht, Ben. Ich hoffe, dass hier nicht dieser neugierige Hafenmeister herumgestöbert hat.«

»Na ja, und wenn schon. Dann bekommt er ein

paar Scheine in die Hand gedrückt und hält die Klappe. Gute Dollars haben bisher noch jeden zum Schweigen gebracht.«

Ängstlich beobachteten die drei, wie ein dicker und ein großer Mann den Raum betraten. Der Lange öffnete einen kleinen Schaltkasten und legte mehrere Hebel um. Plötzlich ging das Licht an. Gleichzeitig begannen alle Apparate zu blinken und gaben wirre Geräusche von sich.

»Willkommen in Las Vegas auf hoher See«, lachte der Dicke. »Dass wir nicht früher auf die Idee gekommen sind. Wir fahren einfach die drei Meilen aus dem kalifornischen Hoheitsgewässer raus. Außerhalb der Drei-Meilen-Zone kann uns kein Gesetz der Welt mehr etwas anhaben. Die Show kann beginnen. Jetzt fehlen nur noch unsere dummen Spieler. Ich hoffe, in Rocky Beach haben die Leutchen brav ihre Sparschweine gefüllt.«

Blinde Passagiere

Die drei ??? saßen in der Falle. Dan und Ben machten es sich vor dem Roulettetisch gemütlich und zündeten sich dicke Zigarren an. Peter durchsuchte derweil die kleine Küche, doch es gab keinen zweiten Ausgang.

Der dicke Ben nahm die weiße Roulettekugel in die Hand und ließ sie im Kessel kreisen. »Los, Dan, sag ein paar Zahlen! Ich muss ein bisschen trainieren.«

»Gut. Dann setze ich zum Spaß auf alle Zahlen, außer die Dreizehn, eine Million Dollar. Mal sehen, ob du aus der Übung gekommen bist.«

»Ach was, Bruderherz. Das ist wie Radfahren. Einmal gelernt, vergisst man es nie.« Konzentriert beobachtete der dicke Mann die rollende Kugel. Dabei schob er unauffällig eine Hand unter den Tisch.

»Seht ihr das?«, flüsterte Bob. »Er bewegt da unten etwas. Bestimmt ist der Roulettetisch manipuliert und er kann die Kugel lenken und stoppen, wie er will. Vielleicht mit einem Magneten, oder so.«

Er schien mit seiner Vermutung Recht zu haben, denn die Kugel fiel tatsächlich auf die Dreizehn. Der lange Dan gratulierte. »Na, bitte. Klappt doch noch ausgezeichnet. Die Bank hätte jetzt sechsunddreißig Millionen gewonnen. Und die Bank gewinnt immer.« Dann lachten die beiden Brüder dreckig und zogen an ihren Zigarren.

Plötzlich klopfte es oben an der Tür.

»Dan, das muss Jimmy sein. Geh nach oben und sag ihm, was er tun soll!«

»Geht in Ordnung. Gut, dass wir diesen Idioten gefunden haben. Für ein paar Dollars macht der blöde Autoschrauber für uns den Türsteher. Und das Schönste daran ist: Das verdiente Geld steckt der Trottel anschließend wieder in unsere Automaten. Ich liebe diese kranken Spieler.«

Für einen kurzen Moment konnten die drei ??? an der Tür den bärtigen Mann aus der Werkstatt erkennen.

Wenig später trafen die ersten Spieler ein und der

Raum füllte sich. Schließlich ergriff der dicke Ben das Wort. »Meine lieben Gäste. Wir werden in wenigen Minuten in See stechen und dann kann auch schon bald das Spiel beginnen. Sobald wir die Drei-Meilen-Zone verlassen haben, rollt die Kugel. Denn dort gibt es keine Gesetze, die uns rechtschaffenen Spielern den Spaß verderben können. Dann ›Schiff ahoi‹ und ›Viva Las Vegas‹!«

Jetzt wurden die Dieselmotoren angeworfen und der rostige Dampfer setzte sich in Bewegung. Justus, Peter und Bob konnten durch ein kleines Bullauge sehen, wie sie langsam den Hafen verließen. Nun gab es kein Zurück mehr.

Ungeduldig verteilten sich die Spieler um die einzelnen Automaten. Vor dem Roulettetisch standen einige Männer mit Geldscheinen in den Händen.

Auch Jimmy hatte jetzt den Raum betreten und bekam von Dan einige Dollarnoten in die Hand gedrückt. Sofort verschwand er mit dem Geld und sicherte sich einen freien Automaten.

»Das scheint sein Lohn gewesen zu sein«, vermutete Bob.

Durch das kleine Bullauge war mittlerweile kein Land mehr zu sehen. Nach einiger Zeit stellte sich der dicke Ben auf einen Hocker. »Es ist so weit. Wir haben Kalifornien verlassen und können nun mit dem Spiel beginnen. Viel Glück!« Kaum hatte er die Worte ausgesprochen, begannen die Spieler damit, ihre Münzen in die Automaten zu stecken. Scheine flogen über den grünen Filz und der Raum war erfüllt vom Klimpern der Geldstücke.

Am Roulettetisch stapelten sich neben Ben die Geldscheine. Nach einer halben Stunde winkte er seinen Bruder zu sich. Unauffällig nahm Dan die Scheine und ging direkt auf die drei ??? zu. Peter wich entsetzt zurück. »Mist, der kommt hierher! Schnell, wir verstecken uns hinter der Tür!«

Sie drängten sich dicht zusammen. Dann wurde die Tür geöffnet. Mit einer schnellen Bewegung öffnete der lange Dan eine Schublade und legte die Geldscheine hinein. Dann verschwand er wieder, ohne die drei bemerkt zu haben.

»Glück gehabt«, stöhnte Bob erleichtert und holte tief Luft. »Die sammeln anscheinend hier in der Schublade das gewonnene Geld. Guckt euch das an, das müssen Hunderte von Dollars sein!«

Peter nahm ihm erschrocken die Scheine wieder aus der Hand. »Bist du verrückt geworden? Wenn die uns mit dem Geld erwischen, dann werden wir garantiert über Bord geschmissen.«

In diesem Moment hörten sie aus dem Spielraum ein lautes Klirren. Justus blickte neugierig durch das Fenster. Ein Gast hatte eine Bierflasche zu Boden fallen lassen. Dan gab Jimmy ein Zeichen. »He, feg das mal zusammen! Sonst tritt da noch jemand rein.« Jimmy, der schon längst sein Geld verspielt hatte, machte sich mürrisch daran, die Scherben aufzusammeln. »Doch nicht mit den Händen, du Idiot! In der Küche habe ich einen Besen gesehen. Los, beeil dich!«

Die drei ??? vergaßen vor Schreck zu atmen.

Schnell versteckten sie sich wieder hinter der Tür. Dann betrat Jimmy die Küche und suchte nach dem Besen. Doch als er hinter sich die Tür schließen wollte, entdeckte er Justus, Peter und Bob. »Zum Teufel! Wo kommt ihr denn plötzlich her? Erst hetzt ihr die Polizei auf mich und jetzt das hier!« Er hatte sich genauso erschrocken wie die drei.

Justus trat nervös einen Schritt vor und stotterte: »Wir, äh, wir sind unschuldig. Das mit der Polizei war mein Onkel. Damit haben wir nichts zu tun.«

»Und was habt ihr hier zu suchen?«

»Also, es ist so. Wir wollten auch unbedingt einmal am Glücksspiel teilnehmen. Sie haben doch selbst erzählt, dass man dabei Millionen gewinnen kann. Darum haben wir uns hier versteckt.« Jimmy starrte ihn fassungslos an. »Aber das ist doch nichts für Kinder. Selbst in Las Vegas ist das verboten.«

»Ich weiß, darum wollten wir ja auch unbedingt mit auf die Calimbra«, fuhr Justus fort. »Auf hoher See gibt es doch keine Gesetze, oder?«

Jimmy kratzte sich unsicher am Kopf. »Nun ja, ich glaube nicht. Habt ihr denn überhaupt Geld dabei?«

Bob schob sich unauffällig mit dem Rücken vor die Geldschublade. Vorsichtig packte er mit der Hand ein Bündel und hielt es Jimmy vor die Nase. »Sehen Sie! Wir haben unsere Sparschweine geplündert.« Mit großen Augen glotzte der Werkstattbesitzer das Geld an. »Sie können Ben und Dan doch sagen, dass wir Ihre Gäste sind«, schlug Bob vor. »Wenn Sie ein gutes Wort für uns einlegen, dann springt für Sie auch was heraus.« Dann zog er einen Fünfzig-Dollar-Schein aus dem Bündel und drückte ihn dem verwirrten Jimmy in die Hand. Justus und Peter waren ebenso erstaunt über die Sprüche ihres Freundes.

Doch bei Jimmy schien es zu wirken. Gierig schnappte er nach dem Geld und grinste über das ganze Gesicht. »Na ja, warum eigentlich nicht? Ich sehe es als Eintrittsgeld. Kommt, ich bin gespannt, was die beiden sagen.«

Nichts geht mehr

Zum Glück bemerkten Ben und Dan nicht, dass die drei mit Jimmy aus der Küche kamen. Erst als der bärtige Mann sie an den Roulettetisch führte, wurde der lange Dan auf sie aufmerksam. »Was ist denn jetzt los?«, schimpfte er. »Wo kommen plötzlich die Kinder her?« Die anderen Spieler schien das überhaupt nicht zu interessieren. Unermüdlich warfen sie ihre Geldmünzen in die Automaten. »Jimmy, raus mit der Sprache! Wer hat die Zwerge mit an Bord genommen?«

»Die ... die wollen auch einmal ihr Glück versuchen«, stotterte er. »Ich hab gesagt, warum nicht. Auf hoher See gibt es keine Gesetze. Und außerdem haben sie Geld. Viel Geld.«

Das Wort Geld schien Dan schlagartig umzustimmen. Bob hielt ihm die Dollarnoten entgegen. Peter hingegen fiel vor Angst fast um. »So, so. Heutzutage bekommen die Kinder ja anscheinend reichlich Taschengeld. Was soll's, Geld stinkt nicht.« Auch der dicke Ben hatte mittlerweile den unerwarteten Besuch bemerkt. »Lass sie an den Tisch«, lachte er. »Ein richtiger Zocker kann nicht früh genug anfangen. Wir haben doch auch schon mit sieben Jahren unsere Schwester beim Kartenspielen abgezockt – weißt du noch, Dan?« Die beiden Brüder lachten, bis ihnen die Tränen kamen. Dann schob Dan die drei an den Roulettetisch. »Das Spiel ist ganz einfach. Ihr setzt euer Geld auf eine Zahl zwischen null und sechsunddreißig. In diesem Kessel hier dreht sich eine Scheibe mit allen Zahlen. Der Zufall entscheidet, wo die Kugel reinfallen wird. Trifft sie die Zahl, auf die ihr gesetzt habt, dann habt ihr den Jackpot und bekommt das Fünfunddreißigfache eures Einsatzes ausgezahlt. Klar?«

Die drei ??? nickten unsicher. Jimmy knabberte nervös an seinen Nägeln. »Ich hab doch gesagt, Kinder. Beim Glücksspiel kann man reich werden. He, Ben! Ich setz fünfzig Dollar auf die Zehn.«

Der dicke Ben sah ihn prüfend an. »Du hast plötzlich wieder Geld, Jimmy? Wie kommt das?«

»Das, äh, das ist meine eiserne Reserve.«

»Blödsinn, ich glaub dir kein Wort. Aber egal. Geld ist Geld. So, und jetzt zu euch, Kinder. Auf welche Zahl wollt ihr setzen?«

Bob bemerkte, wie ihm der Schweiß von der Stirn lief. Inzwischen hatten sich immer mehr Spieler um den Tisch versammelt. Dann nahm Bob seinen ganzen Mut zusammen und legte die zerknitterten Scheine auf den Tisch. »Ich setze alles auf die Drei«, verkündete er mit zittriger Stimme. Ben faltete die Banknoten auseinander. »Nun gut. Das sind genau vierhundertzwanzig Dollar. Wenn ihr gewinnt, bekommt ihr von mir vierzehntausendsiebenhundert zurück.« Den drei ??? wurde fast schwindelig bei diesen Zahlen. Aus den Augenwinkeln bemerkte Justus, wie der dicke Ben langsam eine Hand unter den Roulettetisch schob.

Dann ließ dieser die Kugel rollen. »Rien ne va plus – nichts geht mehr.« Plötzlich war es totenstill im Raum. Alle Augen verfolgten die weiße Kugel, die langsam in dem runden Kessel ihre Kreise zog. Ein leichter Luftzug wirbelte den Zigarrenrauch auf. Anscheinend hatte es auf dem Meer aufgefrischt und Wellen ließen das Schiff leicht hin und her schaukeln. Dies schien Ben zu beunruhigen und er blickte nervös zu seinem Bruder. Justus sah, wie der dicke Mann unter dem Tisch hektisch seine Hand bewegte. Anscheinend hatte er bei dem Geschaukel Mühe, die Kugel an der richtigen Stelle zu stoppen. Von draußen klatschte jetzt eine große Welle gegen die Außenwand und leere Bierflaschen kullerten über den Boden. In diesem Moment klapperte die Kugel in den Kessel, hüpfte noch einmal hoch und landete genau in dem Loch mit der Drei.

Mit einem lauten Freudenschrei riss Bob die Arme empor und ballte die Faust. »Jackpot! Ich hab's gewusst. Jackpot!« Auch alle anderen im Raum grölten und schlugen Bob anerkennend auf die Schulter. Selbst Jimmy freute sich mit ihm, obwohl er seine fünfzig Dollar verloren hatte. »Jawohl! So soll es sein. Du bist ein richtiger Zocker. Du musst nach Las Vegas! Ich werd verrückt!«

Nur Justus und Peter standen wie angewurzelt daneben. Jimmy schlug immer wieder begeistert mit der flachen Hand auf den Tisch. »So, jetzt ist Zahl-

tag. Der Bengel bekommt genau vierzehntausendsiebenhundert Dollar. Dann mal her mit den Talern!«

Der dicke Ben griff sich nervös an den Hals. »Also, äh, das werden wir in aller Ruhe klären. Dan, sag du was!« Sein Bruder fingerte unruhig an seiner Krawatte herum. »Ihr habt es gehört: Der Junge kommt schon zu seinem Geld. Jetzt geht wieder an die Automaten und spielt weiter!«

Doch so leicht ließ sich Jimmy nicht abwimmeln. »Nichts da. Spielschulden müssen sofort beglichen werden. Das gilt in Las Vegas und auf hoher See.«

Das Schiff kam jetzt immer mehr ins Schlingern. Wasser peitschte gegen die zugeklebten Fenster. Plötzlich begann das Licht zu flackern und erlosch schließlich ganz. Auch die Automaten blinkten nicht mehr. In diesem Moment wurde von außen die Tür aufgestoßen. Es war der Kapitän. »Alle Mann sofort Schwimmwesten anziehen! Das Schiff nimmt bei dem Wellengang zu viel Wasser auf und die Pumpen sind ausgefallen. Ich habe einen Notruf abgesetzt. Wir müssen die Rettungsboote ablassen.«

Für ein paar Sekunden starrten ihn alle regungslos an – dann brach Panik aus. Gleichzeitig rannten die Männer auf den schmalen Ausgang zu. Jimmy grabschte nach den Scheinen, die noch auf dem Roulettetisch lagen. Doch der dicke Ben riss ihm das Geld aus den Händen und stieß ihn grob zur Seite. »Das hast du dir so gedacht, du Vollidiot. Dan, hol schnell

die Kohle und dann nichts wie raus hier!« Hektisch rannte sein Bruder in die Küche und kam kurz darauf mit hochrotem Kopf zurück. »So eine Sauerei! Da hat jemand in die Schublade gegriffen. Wenn ich den erwische, mache ich Fischfutter aus ihm.«

SOS

Justus, Peter und Bob versuchten, mit der Menge an Deck zu gelangen. Draußen herrschte Chaos. Einige Männer stritten sich um die wenigen Schwimmwesten und schrien wild durcheinander. Immer wieder ergossen sich große Wellen über das Deck. An der Backbordseite wurde gerade eines der Rettungsboote abgelassen. Jetzt kamen auch die beiden Brüder herausgelaufen. Der lange Dan lief sofort auf das Boot zu. »Weg da! Das ist für uns. Macht Platz!« Doch die anderen Männer dachten gar nicht daran.

Justus wischte sich das salzige Wasser aus dem Gesicht. »Schnell, wir müssen zum Kapitän auf die Brücke. Mir nach!« Atemlos rannten sie die schmalen Stufen zum Ruderhaus hinauf.

Der Kapitän umklammerte mit einer Hand das Steuerrad, in der anderen hielt er ein Funkgerät. »SOS. Hier spricht die Calimbra. Dies ist ein Notruf. Unsere Pumpen sind ausgefallen. Erbitten dringend Hilfe.« Eine kratzige Stimme meldete sich aus dem kleinen Lautsprecher. »Calimbra, wir haben verstanden. Hier spricht die Küstenwache. Wir haben Ihre Position durchgegeben. Ein Rettungsschiff ist unterwegs und wird Sie in zehn Minuten erreichen.«

»Calimbra an Küstenwache: So viel Zeit bleibt uns nicht mehr. Das Schiff wird gleich sinken. Die Evakuierung läuft bereits. Alles geht in die Rettungsboote.« Jetzt erst bemerkte er die drei hinter sich. »Kinder! Wo kommt ihr denn plötzlich her? Hier, ihr müsst sofort diese Schwimmwesten anziehen! Beeilt euch!« Hektisch zogen sie sich die Westen an. Peter war kreideweiß im Gesicht. »Werden wir wirklich untergehen?«

»Ja, wenn nicht noch ein Wunder geschieht. Ich hätte mich nie auf diese Tour einlassen sollen. Der Kahn gehört auf den Schiffsfriedhof. Aber das ist jetzt auch egal.«

»Haben wir denn genügend Rettungsboote?«, fragte Bob mit zittriger Stimme.

»Ja, keine Sorge. Sie werden für alle ausreichen. Für euch gibt es aber etwas Besseres. Folgt mir!«

Schnell rannten sie dem Kapitän hinterher.

»Wo führen Sie uns hin?«, brüllte Justus gegen den Sturm an.

»Wir sind schon da. Seht ihr diese große weiße Tonne? Das ist eine Rettungsinsel, die sich von allein aufbläst, wenn sie ins Wasser fällt. Los, helft mir, sie über Bord zu schmeißen!« Mit Schwung warfen sie die Tonne über die Reling. Sofort platzte sie auseinander und eine Art rundes Schlauchboot entfaltete sich. Dann rückte der Kapitän seine Mütze zurecht. »Okay. Es wird Zeit, das Schiff zu verlassen. Hier, an diesem dicken Tau seilt sich jetzt einer nach dem anderen nach unten ab. Seid vorsichtig! Ich geh als Letzter.« Bob machte den Anfang. Dann folgte Peter und anschließend landete Justus unsanft aber sicher in der Rettungsinsel. Ganz am Ende seilte sich der Kapitän ab.

»So, das wäre geschafft. Alle anderen sitzen in den Rettungsbooten. Keine Sekunde zu früh.«

Ein paar Minuten später neigte sich die Calimbra zur Seite und versank in den Fluten des Pazifischen Ozeans. Nur noch einige Bretter und Kanister schwammen auf dem Wasser.

Jetzt erst wurde ihnen bewusst, wie knapp sie mit dem Leben davongekommen waren. Bob nahm die Brille ab und versuchte, das Salzwasser mit seinem nassen T-Shirt abzuwischen. »Wahnsinn. Wie damals auf der Titanic.«

Der Wind hatte sich ein wenig gelegt und die Rettungsinsel trieb in der aufgewühlten See umher. Die Rettungsboote der anderen hatten sie schon längst aus den Augen verloren.

»Werden die von der Küstenwache uns finden?«, fragte Peter. Ängstlich klammerte er sich an einem Seil fest. Der Kapitän versuchte, ihn zu beruhigen. »Das werden sie. Ich habe ihnen unsere letzte Position durchgegeben. Zur Sicherheit schieße ich noch ein Notsignal in den Himmel. Auf jeder Rettungsinsel befinden sich Seenotraketen.« Er öffnete eine wasserdichte Plastikkiste und nahm eine lange rote Hülse heraus. Dann zog er an einer Schnur. Pfeifend und zischend jagte eine Rakete in den wolkigen Himmel.

Justus sah auf die helle rote Kugel, die an einem kleinen Fallschirm in der Luft schwebte. »Hoffentlich entdeckt auch die Küstenwache das Signal.«

Wie ein Spielball tanzte die Insel auf den Wellen. Doch dann hörten sie plötzlich das Signalhorn eines

Schiffes. »Seht, da hinten!«, rief Peter. »Das muss das Rettungsschiff sein. Die werden wahrscheinlich zuerst die Boote entdecken.« In diesem Moment donnerte ein Hubschrauber über sie hinweg.

»Hier! Hier sind wir!«, brüllten alle, so laut sie konnten. Aber der Hubschrauber hatte sie längst ausgemacht. Genau über ihnen versuchte der Pilot, die Position zu halten. Dann öffnete sich eine Klappe und ein Rettungsschwimmer wurde an einer Seilwinde abgelassen.

»Die werden uns jetzt einen nach dem anderen nach oben ziehen«, erklärte ihnen der Kapitän. »Zieht den Gurt über die Schultern und versucht, Ruhe zu bewahren. Dann kann gar nichts schiefgehen.« Jetzt hatte der Rettungsschwimmer die Insel erreicht. »Jemand verletzt?«, brüllte er gegen die lauten Rotoren an. Alle schüttelten die Köpfe. »Gut, dann ziehen wir jetzt den Ersten nach oben.« Peter wurde ein breiter Gurt umgelegt und der Retter gab der Hubschrauberbesatzung ein Zeichen. »Und los geht's!«

Es gab einen kurzen Ruck und Peter wurde aus der Rettungsinsel herausgerissen. Je höher er gezogen wurde, desto lauter donnerte ihm der Hubschrauber entgegen. Von hier aus konnte er die anderen Boote und das Schiff der Küstenwache erkennen. Unter ihm wurde die aufblasbare Insel immer kleiner.

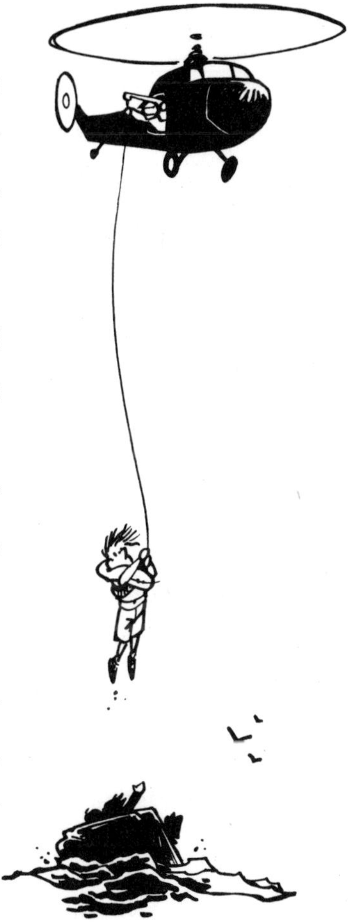

»So, mein Junge, gleich hast du's geschafft!«, brüllte ihm ein Mann entgegen. »Nicht zappeln! Wir holen dich jetzt an Bord.«

Dann packten Peter zwei kräftige Hände und zerrten ihn in den Hubschrauber.

Als Letzter ließ sich der Retter zusammen mit Bob nach oben ziehen.

Sie waren gerettet.

Justus rieb sich das Wasser aus den Augen. »Mann, das war die verrückteste Sache, die ich je erlebt habe.«

Hubschrauberrundflug

Die Rotoren des Hubschraubers waren so laut, dass man sich kaum verständigen konnte. Direkt unter ihnen nahm das Schiff der Küstenwache Kurs auf den Hafen. Im Schlepptau hatte es die inzwischen leeren Rettungsboote.

»Die andern werden alle sicher an Bord sein. Sonst würden die nicht die Position verlassen«, brüllte der Kapitän und war sichtlich erleichtert.

Nach wenigen Minuten hatte der Hubschrauber die Küste erreicht. Von oben sah der kleine Fischereihafen winzig aus. Der Pilot flog einige Kurven, um einen geeigneten Landeplatz ausfindig zu machen. Schließlich setzte er neben der Küstenstraße oberhalb des Hafens zur Landung an. Unmengen an Staub wurden aufgewirbelt. Endlich hatten sie wieder festen Boden unter den Füßen und der Pilot nahm seine Kopfhörer ab. »Okay, hier könnt ihr aussteigen. Geht zum Hafen runter, dort wird auch gleich die Küstenwache eintreffen! Wir werden zur

Sicherheit noch einmal das Einsatzgebiet auf dem Meer überfliegen.«

Alle bedankten sich bei der Hubschrauberbesatzung und kletterten aus dem Helikopter. Mit eingezogenen Köpfen rannten sie unter den Rotorblättern hindurch. Dann hob der Hubschrauber wieder ab. Bob hielt sich die Ohren zu und blinzelte durch seine verdreckte Brille. »Und ich dachte schon, das Wochenende wird langweilig.«

Auf dem Weg zum Hafen fragten sie den Kapitän aus. Doch dieser hatte mit den Glücksspielern anscheinend wenig zu tun. »Hätte ich gewusst, was die vorhaben, dann wäre ich nie rausgefahren. Dieser Ben erzählte etwas von einem Betriebsausflug. Die Calimbra hatten sie von irgendjemandem für einen Tag gemietet. Normalerweise begleite ich Leute in Santa Barbara beim Hochseefischen. Mir wurde aber so viel Geld geboten, dass ich kaum ablehnen konnte. Tja, am Ende ist man immer klüger.«

Justus wollte mehr über Ben und Dan erfahren. »Haben Sie sich denn vorher nie getroffen? Wie heißen die beiden Brüder mit Nachnamen? Gibt es eine Adresse?«

»Leider nicht. Der Kontakt ging nur übers Handy. Alles, was ich habe, ist eine Telefonnummer. Hier, ich hab sie mir aufgeschrieben: 5556120. Doch bisher haben die immer mich angerufen.«

Justus blieb stehen. »Na ja, immerhin etwas.« Schnell notierte Bob die Nummer in seinem kleinen Notizbuch. Dann setzten sie ihren Weg fort.

Die Sonne stand jetzt senkrecht am Himmel und der warme Wind trocknete schnell ihre feuchte Kleidung. Zu Fuß benötigten sie über eine halbe Stunde, bis sie wieder den Hafen erreichten. Das Schiff der Küstenwache hatte gerade angelegt und die geretteten Spieler verließen fluchtartig das Hafengelände. Eilig rannten sie auf ihre geparkten Autos zu. Für zwei bereitstehende Krankenwagen gab es zum Glück nichts zu tun.

»Von denen will bestimmt keiner dabei gewesen sein«, grinste Peter. »Die wollen nur noch weg.«

Plötzlich kam eine Frau mit einem Mikrofon auf sie zu gerannt. Ihr folgte ein Mann mit einer Kamera

HAFEN

auf der Schulter. »Hallo, warten Sie! Sind Sie der Kapitän der Calimbra? Ich komme von den Abendnachrichten.« Der Kapitän nahm vor Schreck seine Mütze ab und versteckte sie hinter dem Rücken. »Ich? Ich weiß überhaupt nicht, wovon Sie sprechen.« Schnell wandte sich die Reporterin an die drei ???. »Und ihr? Wart ihr auch auf dem gesunkenen Schiff?« Justus, der wusste, dass Tante Mathilda und Onkel Titus jeden Tag die Abendnachrichten sahen, reagierte sofort. »Was für ein Schiff? Ist wirklich eins gesunken? Wir wollten eigentlich gerade zum Angeln rausfahren.« Sichtlich entnervt steckte die Reporterin ihr Mikrofon wieder ein. »Ach, ihr habt ja überhaupt nichts mitbekommen.« Dann entdeckte sie Jimmy und rannte auf ihn zu. Gerade stiegen auch Ben und Dan aus dem Schiff der Küstenwache. Als sie sahen, dass Jimmy interviewt werden sollte, packten sie ihn am Kragen und zerrten den alten Mann zur geparkten Limousine. Mit quietschenden Reifen jagte der überlange Wagen davon.

Auch der Kapitän verabschiedete sich jetzt von den dreien. »Also, tut mir leid, dass wir uns auf einem sinkenden Schiff kennenlernen mussten. Ich konnte aber nichts dafür. Der Kahn hätte längst verschrottet werden müssen. Morgen muss ich dazu noch eine Aussage bei der Schifffahrtsbehörde machen. Vielleicht sieht man sich in Santa Barbara. Macht's gut!« Dann verschwand er auf einem Motorrad.

Peter war nicht ganz überzeugt von seiner Unschuld. »Als Kapitän hätte er die Calimbra doch vorher kontrollieren müssen.«

Mittlerweile hatte das Schiff der Küstenwache wieder abgelegt. In der Ferne kreiste immer noch der Hubschrauber. Ernesto Porto, der Hafenmeister, verfolgte das Geschehen mit einem Fernglas. »Zum Teufel auch! So was hab ich in vierzig Jahren Seefahrt nicht erlebt. Da säuft ein Kahn ab, obwohl nur eine Mütze voll Wind übers Meer fegt. Was soll's. Hauptsache, alle sind gerettet. Der Besitzer der Calimbra ist bestimmt froh, dass er das rostige Schiff nicht teuer verschrotten muss. Wenn er es geschickt anstellt, dann bekommt er sogar noch was von der Versicherung.«

Jetzt kam die Reporterin in seine Nähe. »Hallo,

Lady, bleiben Sie stehen! Ich kann Ihnen die ganze Geschichte erzählen. Als Hafenmeister bekomme ich alles mit.«

An diesem Abend war Ernesto Porto zum ersten Mal in seinem Leben im Fernsehen zu sehen. Über drei Minuten berichtete er dort von der abenteuerlichen Rettungsaktion. Von einer Meuterei, von einem Brand, entsetzlichen Stürmen und von seinem heldenhaften Einsatz. Die Reporterin schien ihm zwar kein Wort zu glauben, doch es wurde trotzdem gesendet.

Die drei ??? hatten andere Sorgen. Justus knetete sich nervös die Unterlippe. »Es kann doch nicht sein, dass die beiden Typen so einfach davonkommen. Die suchen sich jetzt eine andere Stadt aus und legen die Leute weiter mit ihren Glücksspielen rein.« Bob sah das ähnlich. »Stimmt. Ich bekomme noch vierzehntausendsiebenhundert Dollar von den Brüdern.«

»Quatsch!«, mischte sich Peter ein. »Das ist alles Betrügergeld. Wir müssen Kommissar Reynolds anrufen. Der Fall wird zu heiß. Da hinten steht eine Telefonzelle. Los!« Justus und Bob folgten ihm.

Doch der Kommissar war mal wieder in der Mittagspause und Sergeant Raider nahm den Anruf entgegen. Er wollte kaum glauben, was die drei ??? ihm berichteten. »Das ist ja eine verrückte Geschichte. Ich werde sofort Kommissar Reynolds verständigen. Wirklich verrückt.« Zufrieden legte Peter den Hörer auf. »So, der Fall ist erledigt.«

Bob hingegen blätterte unzufrieden in seinem Notizbuch. »Eine Sache würde ich aber noch gerne wissen: Wer meldet sich unter der Nummer, die uns der Kapitän genannt hat?«

Hotelgäste

Peter schüttelte den Kopf. »Oh Mann! Ich wusste, dass noch was kommt. Okay, ruf schon an. Beim Telefonieren kann wenigstens nichts passieren.« Entschlossen wählte Bob die Nummer. Am anderen Ende der Leitung meldete sich eine weibliche Stimme: »*Hotel Redrock*. Mein Name ist Ellen Snider. Was kann ich für Sie tun?«

Bob verschlug es die Sprache und er gab den Hörer mit rotem Kopf an Justus weiter. »Da ist ein Hotel dran. Ich weiß nicht, was ich sagen soll.«

Justus hatte aber so schnell auch keine Idee und hielt den Hörer erst mal weit von sich.

»Hallo? Wer ist denn da? So melden Sie sich doch!« Schließlich holte Justus tief Luft und versuchte, seine Stimme zu verstellen. »Guten Tag, mein Name ist Ben. Mein Bruder Dan und ich wollen heute abreisen.«

»Aus der Suite Nummer sieben?«

»Ja, genau. Die Nummer sieben. Machen Sie die

Rechnung fertig und holen Sie unser Gepäck aus dem Zimmer!«

»Hat es Ihnen bei uns nicht gefallen?«, fragte die Dame unsicher.

»Nein. Das Essen war schlecht. Die Betten auch. Eigentlich alles. Die Wasserhähne tropfen und der Fahrstuhl ist kaputt.«

»Mein Herr, wir haben aber überhaupt keinen Fahrstuhl.«

»Na, sehen Sie, das wird ja immer schlimmer. Guten Tag auch.« Dann knallte er schnell den Hörer auf die Gabel. Seine beiden Freunde konnten sich vor Lachen gar nicht mehr beruhigen. Peter liefen die Tränen übers Gesicht. »Ich möchte zu gern dabei sein, wenn gleich

bei Ben und Dan die Koffer abgeholt werden und sie auf der Straße stehen.«

Dann setzten sie sich auf ihre Räder und verließen den Hafen in Richtung Küstenstraße.

Auf dem Weg erinnerte sich Bob plötzlich an das Hotel. »Hey, wartet mal! Das *Redrock* kenne ich. Meine Eltern haben einmal meine Oma dort einquartiert. Es liegt etwas unterhalb der Pacific Road. Wir kommen fast daran vorbei.« Peter ahnte, was sein Freund vorhatte. »Nichts da. Wir haben gesagt, dass sich ab jetzt nur noch Kommissar Reynolds um die Sache kümmern soll.«

»Ich weiß gar nicht, was du hast, Peter. Eben wolltest du noch unbedingt bei der Koffergeschichte dabei sein. Ich will ja auch nur kurz sehen, ob tatsächlich die lange Limousine von Ben und Dan da steht.« Justus unterstützte ihn. »Genau. Nur einmal gucken und dann geht's wieder nach Hause. Was ist?«

»Na gut, gegen euch beide komme ich ja doch nicht an. Fahren wir zum *Redrock Hotel.*«

Der Wind hatte sich mittlerweile gelegt und die

drei schwitzten auf ihren Rädern. Bob fand sofort den Weg zum Hotel wieder. »Seht ihr, ich kann mich noch genau erinnern. Das ist ein richtiger Nobelschuppen.« Peter betrachtete den weißen Prachtbau. »Die beiden Brüder können sich das mit dem ganzen abgezockten Geld ja auch leisten. Aber von der Limousine ist nichts zu sehen, Bob.«

»Kann man auch nicht. Wir müssen auf den Parkplatz hinter dem Haus.«

Als sie um die Ecke fuhren, erblickten sie tatsächlich die lange Limousine. An den Türen waren in goldener Farbe die Buchstaben B und D auflackiert. »Ben und Dan«, staunte Justus. »Die scheinen sich vor der Polizei sehr sicher zu fühlen.« Die drei stellten ihre Räder ab und Bob riskierte einen Blick in den Wagen. Obwohl die Scheiben verspiegelt waren, konnte er doch einiges erkennen. »Seht mal, da liegen sogar noch die Schwimmwesten von den beiden drin. Und da, lauter zerdrückte Bierdosen. Kommt mal her und guckt euch das an!«

Doch Justus und Peter gaben ihm keine Antwort. Mit großen Augen starrten sie auf den dicken Ben,

der jetzt direkt hinter Bob stand. Sie hatten nicht bemerkt, dass sich ihnen der Mann lautlos genähert hatte. »Oh ja. Ist wirklich interessant. Das muss man gesehen haben«, begann dieser plötzlich in betont freundlichem Ton. Bob drehte sich entsetzt um. Er wollte etwas sagen, brachte aber kein Wort heraus. »Nun sieh mal an, unser Rouletteprofi. Da hast du ja eine große Nummer abgezogen. Alles auf die Drei. Pah! Mittlerweile haben wir auch einen Verdacht, woher ihr die ganze Kohle hattet. Kleine Kinder bekommen nämlich niemals so viel Taschengeld. Ihr habt unser kleines Sparschwein in der Schiffsküche gefunden, stimmt's?« Mit einer Hand hob er den schlotternden Bob hoch. In diesem Moment tauchte sein Bruder auf. »Nun lass ihn, Ben! Das ist unser Spielernachwuchs. Der wird mal eine ganz große Nummer in Las Vegas.«

»Und was sollen wir jetzt mit den Zwergen anstellen, Dan?«

»Nur keine Aufregung. Sie waren auf dem Schiff unsere Gäste und das sollen sie auch an Land bleiben. Wenn ich bitten darf – unsere Limousine steht zu eurer Verfügung.« Mit sanftem Druck wurden die drei ??? in den Wagen geschoben und fielen nacheinander in weiche Ledersitze.

Das Innere der Limousine war riesig. Es gab sogar einen Fernseher und eine kleine Bar. Dan setzte sich ihnen gegenüber. »Darf ich euch etwas zu Trinken anbieten? Eine Cola? Wasser? Champagner?« Justus,

Peter und Bob schüttelten ängstlich die Köpfe. Jetzt kam auch der dicke Ben in den Wagen und schloss die Tür hinter sich. »Sagt mal, Kinderchen, eben gab es reichlich Ärger im Hotel. Da soll ich angerufen und fürchterlich über das *Redrock* geschimpft haben. Die wollten schon unsere Koffer aus dem Zimmer holen. Seltsam ist nur, dass die Dame an der Rezeption etwas von einer sehr jungen Stimme erzählte. Ja, von einer Kinderstimme. Ihr habt wohl nichts damit zu tun, oder?«

Wieder schüttelten die drei die Köpfe.

Dan drückte jedem eine Flasche Cola in die Hand. »Was höre ich da für Sachen von meinem Bruder? Auf solche Ideen würden doch brave Jungs niemals kommen. Nein, nein, das müssen Gespenster gewesen sein. Was soll's, wir wollten das Hotel sowieso gerade verlassen. Aber mit einer Sache hatten die Gespenster Recht: Die Wasserhähne tropfen tatsächlich.«

Doch mittlerweile hatte der dicke Ben genug von dem Spiel. »So, Schluss jetzt! Die Bengels wissen zu viel. Wie sind die nur an die Hotelnummer gekommen? Die Koffer habe ich schon eingeladen. Lass uns verschwinden, Dan.«

»Gut, wir fahren zu Bud. Die Gören nehmen wir mit, bis uns was Besseres einfällt. Ich geh ans Steuer und du bleibst hinten sitzen!«

Als der Wagen startete, leuchteten im Innern unzählige kleine Lichter auf und bunte Leuchtstoffröhren wechselten ständig ihre Farbe. Ben schaltete die Musikanlage ein. »Na, da kommt Las-Vegas-Stimmung auf, oder? In Vegas fahren nur solche Autos rum. Da ist unsere Limo noch die kürzeste. Die Stadt knistert vor Geld. Wer einmal dort war, für den ist Rocky Beach ein stinkendes Kaff.«

Justus nahm seinen ganzen Mut zusammen. »Wir fühlen uns eigentlich ganz wohl in Rocky Beach und möchten aussteigen. Wissen Sie, dass Sie soeben dabei sind, drei Kinder zu entführen?«

»Entführen? Ach, nun hör aber auf. Wir haben euch eingeladen. Wann könnt ihr schon mal mit einer Limo durch eure Stadt fahren? Genießt das doch einfach.«

»Wir haben die Polizei bereits verständigt«, unterbrach ihn Bob.

»Die Polizei? Ja, wunderbar. Das ist doch unser Freund und Helfer. Vielleicht wollen die auch einmal mitfahren. Hast du gehört, Dan? Die liebe Polizei will uns besuchen.« Von vorn hörten sie Dan laut lachen.

Schließlich hielt der Wagen und die drei wurden hinausgeschoben. Ungläubig sahen sie sich um.

Sie standen direkt vor *Norris' Bar*.

Norris' Bar

Die Bar war um diese Zeit menschenleer und der dicke Ben ging voran. »Mir nach! Ihr seid eingeladen.« Drinnen roch es nach kaltem Zigarettenrauch und Bier. Nach einer Weile gewöhnten sie sich an die schummrige Beleuchtung. Hinter dem Tresen stand Skinny Norris und trocknete Gläser ab. Als er die drei ??? erkannte, ließ er fast eins fallen. »Wo kommt ihr Idioten denn plötzlich her?«

Der lange Dan hatte dies gehört und ging bedrohlich langsam auf den älteren Jungen zu. »Sag mal, Freundchen, weißt du nicht, wie man Gäste begrüßt, hä?«

Dann packte er Skinny am Ohr und zog ihn fast daran hoch. »Au! Lassen Sie mich los! Papa!«

Kurz darauf kam Skinnys Vater mit einer Kiste Bier aus dem Keller. »Lass gut sein, Dan! Der Bengel weiß nicht, was sich gehört. Wieso habt ihr die Kinder angeschleppt? Ich will keinen Ärger kriegen. Wir hatten eine Abmachung.«

Der lange Dan ließ Skinny wieder los. »Tut mir leid. Wir mussten unseren Plan ändern. Die drei haben uns dazwischengefunkt. Wir behalten sie eine Weile im Auge und werden sie dann wieder laufen lassen. Dich halten wir da raus. Lass uns in dein Büro gehen und den Rest klären.«

»Gut. Und ihr? Habt ihr Hunger?«

Der dicke Ben klatschte in die Hände. »Natürlich. Bedienung! Aber ein bisschen plötzlich!«

Wohl oder übel musste Skinny Norris an ihren Tisch kommen. Zähneknirschend legte er die Speisekarte auf den Tisch. »Was darf ich Ihnen bringen? Im Angebot haben wir heute Pizza Diabolo.«

Ben schmiss die Karte auf den Boden. »Angebot?! Sehen wir so aus, als würden wir Angebote fressen? Mann, bring uns alles, was da ist! Aber zack, zack!«

Mit geballter Faust verschwand Skinny in der Küche und gab die Bestellung beim Koch auf. Wenig später stand der Tisch voll mit verschiedenen Pizzas. Ben nahm eine Serviette und legte sein Handy neben sich. »Haut rein, Jungs. Das muss für eine Weile reichen.«

Einen kurzen Moment zögerten die drei noch, dann machten sie sich über die Pizzas her. Sie hatten seit Stunden nichts mehr gegessen.

Viele Pizzas später lehnten sie sich satt zurück. Der dicke Ben wischte sich mit der Serviette den Mund ab und rülpste laut. Dann stand er auf. »He, Skinny. Wo habt ihr die Klos? Was oben reinkommt, muss auch unten wieder raus.«

»Kommen Sie mit, ich zeige es Ihnen.«

Nun waren die drei allein in der Bar und Justus sah sich nervös um. »Jetzt oder nie. Wir verschwinden.

Das Handy vom Dicken nehm ich mit. Los!« Gleichzeitig sprangen sie auf und rannten zur Tür. Doch sie war verschlossen. »Mist! Wir müssen irgendwie raus hier. Mir nach! Wir versuchen es durch den Keller.«

So schnell sie konnten, liefen sie die schmale Kellertreppe hinab und gelangten in einen dunklen Flur. Peter tastete nach dem Lichtschalter. »Und jetzt? Wir sitzen in der Falle.« Aber Justus dachte nicht daran aufzugeben. »Vielleicht gibt es einen zweiten Ausgang? Da hinten ist eine Tür. Kommt!«

Hinter der Tür ging es noch ein paar Stufen abwärts, dann standen sie in einem riesigen Lagerraum. An der Decke baumelte eine kleine Glühbirne.

Bob hielt sich die Hand vor den Mund. »Ich fasse es nicht. Alles voller Glücksspielautomaten.«

Der ganze Raum war vollgestellt mit Einarmigen Banditen und anderen Apparaten.

»Das sind bestimmt über hundert Stück«, staunte Justus.

Fieberhaft suchten sie in dem Lagerraum nach einem Ausgang. Doch ihre Lage war hoffnungslos. Die schmale Treppe blieb die einzige Möglichkeit, den Keller wieder zu verlassen. Von oben hörten sie jetzt Ben wütend fluchen.

Peter blieb erschrocken stehen. »Die werden gleich runterkommen. Schnell, Just! Du hast doch das Handy von Ben. Wir müssen Kommissar Reynolds anrufen.« Nervös wählte Justus die Nummer der Polizeiwache. Er konnte sie auswendig. Sergeant Raider meldete sich. »Polizeirevier Rocky Beach.«

»Sergeant Raider, Sie müssen uns helfen!« Jetzt polterte jemand die Kellertreppe runter.

»Wer spricht denn da?«

»Hier ist Justus Jonas. Bitte kommen Sie schnell zu *Norris' Bar*! Wir sind in Gefahr. Es geht um verbotene Glücksspiele! Ich muss jetzt auflegen, es kommt jemand.«

Bob sah sich hektisch um. »Hier, wir verstecken uns hinter den Einarmigen Banditen.« Einige Sekunden später betrat der dicke Ben den Lagerraum. »Kinder, ich weiß, dass ihr hier drin seid. Hört auf mit dem Quatsch und kommt raus!«

Die drei dachten nicht daran. Nun traf auch der lange Dan ein. »Nun macht schon, was mein Bruder

sagt! Wir finden euch sowieso – und wenn wir alle Automaten auf den Kopf stellen. Oder halt, ich habe eine bessere Idee.«

»Was meint der damit?«, flüsterte Peter erschrocken. »Hört ihr das? Da drückt doch jemand auf einem Handy rum, oder?« Plötzlich ahnte er, was vor sich ging. »Just! Schnell! Der ruft das Handy von seinem Bruder an. Du musst es sofort ausschalten!«

Doch es war zu spät. In Justus' Hand begann das fremde Handy zu vibrieren und als Klingelton erklang die Melodie der amerikanischen Nationalhymne. Der dicke Ben brüllte vor Lachen. »Dan, du hast die besten Ideen. Das Bimmeln kommt aus dieser Richtung. Jetzt sitzen die Zwerge wie die Ratten in ihren Löchern.«

Schmiergelder

Den dreien stockte der Atem. Schritte näherten sich ihnen. »Hört auf mit dem Spielchen! Wir wissen, wo ihr steckt. Kommt raus!« Die Stimme von Ben klang überhaupt nicht mehr freundlich. Schließlich verließ einer nach dem anderen das Versteck. Mit einer Taschenlampe wurde ihnen direkt ins Gesicht geleuchtet. »Brav. Ganz brave Kinder. Los, mitkommen.«

Oben warteten schon Bud Norris und sein Sohn. Skinny schien sich prächtig zu amüsieren. »Wen haben wir denn da? Den dicken Schlauberger, den langen Angsthasen und die Brillenschlange.«

Justus, Peter und Bob ließen die Köpfe hängen.

Plötzlich klopfte jemand von außen lautstark gegen die Eingangstür der Bar. »Aufmachen! Polizei. Machen Sie sofort auf!«

Bud Norris hatte keine andere Wahl, nahm den Schlüssel und öffnete die Tür. Es war Sergeant Raider. Erleichtert rannten die drei ??? auf ihn zu.

»Bin ich froh, dass Sie da sind!«, rief Peter. »Sie können alle hier im Raum festnehmen. Sie glauben nicht, was wir im Keller entdeckt haben.«

Bud Norris hob nervös die Arme. »Sergeant, ich habe damit nichts zu tun. Nur den Kellerraum habe ich vermietet. Ich hatte doch keine Ahnung.« Auch Skinny beteuerte seine Unschuld. »Mein Vater sagt die Wahrheit. Wir wissen von nichts. Die beiden da müssen Sie verhaften!«

Ben und Dan standen regungslos am Tresen. Sergeant Raider ging langsam auf die Brüder zu. »So, meine Herren. Ich denke, es ist so weit. Dan, gib mir mal ein Bier!«

Fassungslos starrten die drei ??? den Polizisten an, der ohne abzusetzen eine Bierflasche austrank. Skinny Norris bekam den Mund nicht mehr zu. »Aber, Sergeant – Sie sind doch im Dienst!«

Allmählich ahnte Justus, was vor sich ging. »Oh nein! Jetzt wird mir alles klar.«

Der dicke Ben setzte ein breites Grinsen auf. »Na, klickert's im Köpfchen? Ich hab doch gesagt, dass wir die Polizei nicht fürchten, stimmt's, Larry?« Sergeant

Raider nickte und stellte die Bierflasche auf den Tresen. »Stimmt, Ben. Von dem bisschen Geld, das man als Polizist verdient, kann man nicht leben und nicht sterben. Da sagt man zu einem Haufen blanker Dollars aus der Unterwelt nicht nein. Eine Hand wäscht die andere.« Skinny Norris begriff immer noch nichts. »Dad, was soll das?«

Sein Vater nahm jetzt auch eine Flasche Bier. »Skinny, du bist aber auch zu blöd. Kapierst du das nicht? Die haben Sergeant Raider geschmiert. Verstehst du? Der Bulle ist korrupt. Der nimmt Geld dafür, dass er die beiden in Ruhe ihre Geschäfte machen lässt. Bestechung nennt man so etwas.«

Zufrieden steckte sich der dicke Ben eine Zigarre an. »Du hast es erfasst, Bud. Bei richtig viel Kohle kann nicht einmal die Polizei hart bleiben. Jeder hat seinen Preis. Das ist in Rocky Beach nicht anders als in Las Vegas. Alle sind bestechlich, sonst könnten wir doch gar nicht in Ruhe unsere Geschäfte machen. Ein Jammer, dass wir diese schnuckelige Stadt wieder verlassen müssen. Dabei lief gerade alles so gut. Wir haben die alten Spielautomaten aus Vegas rangeschafft und ein bisschen an ihnen herumgeschraubt. Die spucken kaum noch Gewinne aus und alles bleibt schön bei Ben und Dan in der Brieftasche. Aber dank dieser drei kleinen Schnüffler ist die ganze Sache ja nun leider aufgeflogen. Schade eigentlich, ich hatte mich gerade an die Stadt gewöhnt. Dan, was machen wir jetzt?«

»Ganz einfach. Wir hauen ab. Die alten Automaten lassen wir hier stehen. In Vegas besorgen wir uns neue. So, es wird Zeit, zu verschwinden. Ben, du und Larry kümmert euch um die drei Gören. Tja, Bud, das war's dann erst mal. Die richtige Polizei wird bald kommen und die Automaten entdecken. Dir und deinem Sohn wird kaum was passieren. Sag einfach, du hast von der ganzen Sache nichts gewusst. Hier, ein bisschen Schweigegeld für dich.« Bud Norris steckte das Bündel Banknoten schnell in die Hosentasche. »Gut, dann verschwindet jetzt aus meiner Bar, bevor die Bullen nach den Kindern suchen.«

Als sie *Norris' Bar* verließen, war es spät am Nachmittag. Justus dachte an Tante Mathilda. Bestimmt machte sie sich schon Sorgen. Andererseits war es nicht das erste Mal, dass sie länger wegblieben als geplant.

Immer noch parkte die lange Limousine vor dem Eingang. Larry Raider war vom Polizeirevier zu Fuß gekommen. Der lange Dan setzte sich wieder ans Steuer und alle anderen nahmen hinten Platz.

Lachend riss sich der ehemalige Sergeant sein Dienstabzeichen von der Jacke und schmiss es aus dem Fenster. »Nie wieder Bulle. Nie wieder kalte Pizza auf der Wache essen. Nie wieder unbezahlte Überstunden im Streifendienst. Las Vegas, ich komme! Ein neues Leben fängt an!«

Der dicke Ben klopfte ihm auf die Schulter. »Dir

wird Vegas gefallen, Larry. Das ist unser Revier. Jetzt müssen wir uns nur noch um die Zwerge kümmern. Dan, was wird aus denen?«, rief er nach vorn zu seinem Bruder.

»Lass mich nur machen! Ich hab schon eine Idee.«

Zehn Minuten später fuhren sie über einen holprigen Schotterweg. Bob ahnte, wo es hinging. Sie waren auf dem Weg zu *Jimmys Garage*.

Las Vegas

Als die Limousine vor der Werkstatt hielt, stieg Ben verwundert aus. »Dan, was wollen wir denn in dem verlausten Schuppen von Jimmy?«

»Der soll auf die drei aufpassen, bis wir uns aus dem Staub gemacht haben.«

»Meinst du, dass er dazu Lust hat? Nach dem, was auf der Calimbra passiert ist?«

»Ach was, natürlich macht Jimmy das. Ein paar Dollars werden ihn schon überzeugen.«

»Na klar, Bruderherz. Ich vergaß die Macht des Geldes. Los, aussteigen!«

Im Gänsemarsch folgten die drei ??? den Verbrechern in die Garage. Jimmy trat gerade verärgert gegen seinen neuen Kühlschrank. »Mistkasten! Kaum steht er da, ist er schon wieder kaputt.«

Als der Mann die kleine Versammlung bemerkte, ließ er erschrocken seine Bierdose fallen. »Teufel auch! Was wollt ihr hier?«

Dan und Ben zogen ihn in eine Ecke der großen

Werkstatt. Die drei konnten nicht hören, was besprochen wurde. Am Ende nahm Jimmy ein Bündel Geldscheine entgegen und nickte den Brüdern zu. Larry klatschte begeistert in die Hände. »Seht ihr, so geht's in Vegas. Wer nicht will, bekommt ein paar Scheine in die Hand gedrückt und schon läuft's wie geschmiert.«

Die Brüder kehrten zurück. Dan grinste triumphierend. »Alles klar. Jimmy wartet hier ein paar Stunden mit den Kindern. Dann lässt er sie laufen und kann mit der Kohle nach Vegas nachkommen. Der Idiot wird natürlich alles sofort wieder verzocken. Ich lach mich tot, so fließt das Geld wieder in die Familie. Er hat uns einen Weg durch die Berge beschrieben. Falls uns die Polizei doch sucht und die Straßen absperrt, wird sie uns auf diesem Weg garantiert nicht vermuten.«

Ben nahm sich ein Bier aus dem kaputten Kühlschrank. »Dan, das war wie immer genial. So, jetzt lass uns endlich von hier abhauen.«

Doch kaum hatte er einen Schluck aus der Dose genommen, spuckte er das Bier in hohem Bogen wieder aus. »Igitt! Was ist das denn für eine lauwarme Brühe? Ich will endlich wieder nach Vegas!«

Mit durchdrehenden Reifen raste die Limousine davon und hinterließ nur noch eine Staubwolke.

Die drei ??? standen regungslos in der Abendsonne und blickten unsicher zu Jimmy hinüber. Der bärtige Mann war dabei, die Scheine zu zählen, die er gerade bekommen hatte. Dann kam er langsam auf sie zu. »Tja, so ist das Leben. Geld regiert die Welt. Mit genügend Dollars kann man sich alles kaufen, Jungs.

Bei mir ist das nicht anders. Man kann mich bespucken, mir ins Gesicht schlagen – für genügend Kohle lass ich alles mit mir machen.«

Jimmy zog ein dreckiges Tuch aus der Tasche und wischte sich sein verschwitztes Gesicht ab. »Nur bei einer Sache, da hört für mich der Spaß auf. Und zwar, wenn Kinder ins Spiel kommen.«

Justus, Peter und Bob atmeten erleichtert auf. »Jungs, ihr habt doch nicht tatsächlich geglaubt, dass ich euch hier festhalten werde, oder? Ich bin zwar ein alter Zocker und hab schon einiges angestellt in meinem Leben. Aber ein Kindesentführer bin ich nicht. Wir sollten so schnell wie möglich die Polizei verständigen. Leider habe ich kein Telefon hier draußen – Rechnung nicht bezahlt.«

Peter konnte zum ersten Mal wieder lachen. »Mann, bin ich froh, dass der ganze Spuk vorbei ist. Kommissar Reynolds wird ja wohl hoffentlich nicht auch bestochen worden sein.«

Justus blickte unterdessen in die Richtung, in die die Gangsterlimousine verschwunden war. »Nur zu dumm, dass Sie den Typen den Schleichweg durch die Berge verraten haben. Die Polizei wird die dort niemals schnappen können.«

Gelassen zog der bärtige Mann eine Bierdose aus der Hosentasche. »Tja, da haben die aber nicht mit dem schlauen Jimmy gerechnet. Es gibt nämlich gar keinen Schleichweg durch die Berge. Zumindest nicht mit so einem Riesenschlitten. Der Weg endet oben auf der kaputten Schluchtenbrücke.«

»Was für eine Schluchtenbrücke?«, fragte Bob.

»Das ist ein alter Verbindungsweg. Eine Holzbrücke, die die Viehtreiber damals dort gebaut haben. Ganz schön stabil, aber im letzten Jahr sind in der Mitte einige Bretter herausgebrochen. Mit einem Auto kommt man da niemals rüber.«

Justus ballte die Faust. »Das ist es! Aber was machen wir, wenn sie einfach umkehren?«

Jimmy ging in seine Werkstatt und kam mit einer langen Säge zurück. »Wir könnten auf halber Strecke einen Baum fällen, so dass er genau an einer schmalen Stelle über die Straße fällt.«

»Und wie kommen wir dahin?«, fragte Bob. »Schließlich haben Sie nicht mal ein Auto.«

Der alte Mann grinste. »Ein Auto? Ha! Wer braucht das schon? Ich habe etwas viel Besseres. Kommt mit, ich will euch was zeigen. Dort drüben im Schuppen.«

Als er die großen Flügeltüren des windschiefen Gebäudes öffnete, trat Peter vor Schreck einen

Schritt zurück. »Pferde? Moment, wir sollen die Typen auf Pferden verfolgen?«

»Warum nicht? Ich hab die Gäule komplett mit Sätteln vor ein paar Tagen beim Pokern mit einem Pferdehändler gewonnen. Die sind absolut zahm und lassen sich von jedem reiten. Na, was ist?«

Justus ergriff sofort das Wort. »Klar, wir sind dabei. Das ist die einzige Chance, die Gangster zu schnappen. Los, Beeilung! Sonst kommen die zurück.« Peter kam gar nicht mehr dazu, etwas gegen den Plan zu sagen.

Zahltag

Jimmy kannte sich mit Pferden anscheinend recht gut aus und hatte sie in Windeseile aufgesattelt. »So, alle aufsitzen. Haltet die Zügel locker in den Händen, den Rest machen die Pferde von allein.«

Bob nahm unsicher die Zügel in die Hand. »Mir fehlt der Lenker und die Bremse«, murmelte er unsicher. Dann setzte sich die Kolonne in Bewegung.

»Ihr müsst euch im Rhythmus der Tiere bewegen. Habt ihr keine Western gesehen?«

Nach und nach wurden die drei immer sicherer im Sattel. Jimmy deutete nach vorn. »So, ab jetzt geht es im Zickzack den Berg hinauf.«

Justus entdeckte auf dem sandigen Boden die Reifenspuren der Limousine.

Nach einem Kilometer hielt Jimmy an und stieg ab. »Ich denke, dies ist eine gute Stelle. Seht ihr den dicken Baum dort? Wenn wir den absägen, dann müsste er direkt auf die Straße fallen.«

Die Pferde wurden in sicherer Entfernung festgebunden. Jimmy und Bob begannen mit dem Sägen. Regelmäßig wechselten sich die drei ??? ab. Als Justus wieder dran war, gab er schon nach einigen Minuten schweißüberströmt die Säge an Peter ab. »So, mir reicht's«, schnaufte er. Peter grinste nur. Er und

Jimmy ließen die Säge mit kräftigen Zügen durchs Holz fahren. Schließlich trat Jimmy einen Schritt zurück. »Achtung! Alles weg! Baum fällt!«

Leider fiel die Tanne in die verkehrte Richtung und nicht auf die Straße. Enttäuscht ließ Jimmy die Säge fallen. »Mist. Aber was soll's, ich bin schließlich Automechaniker und kein Holzfäller.«

In diesem Moment ertönte aus der Ferne eine Hupe. Jimmy legte die Hände hinter die Ohren. »Das kommt von der Brücke. Ich wette, die Irren sind mit der schweren Limousine auf sie drauf gefahren. Los, kommt!«

Ohne lange nachzudenken, folgten die drei ??? dem Mann und kletterten wieder auf ihre Pferde. Jimmy zog das Tempo an und wechselte in den Galopp. Bob musste mit einer Hand immer wieder seine Brille festhalten. Nach einer Viertelstunde erreichten sie die Schluchtenbrücke.

Jimmy hatte mit seiner Vermutung Recht gehabt. Mitten auf der Brücke stand die Limousine und hatte sich zwischen den zerbrochenen Holzbalken festgefahren. Verzweifelt versuchten die drei Gangster, aus dem Auto zu kommen. Doch das hölzerne Geländer war auf beiden Seiten so dicht am Wagen, dass sich die Türen nur einen Spalt breit öffnen ließen.

Der lange Dan lehnte sich aus dem offenen Fenster und erkannte Jimmy und die drei ???.

»Mann, bin ich froh, euch zu sehen. Ihr müsst uns helfen! Die ganze Brücke knackt und wackelt gewaltig. Unter uns sind es über dreißig Meter.«

Auf der anderen Seite schob sich jetzt der Kopf von Ben aus dem Fenster. »Ja, bitte. Das war doch alles nur Spaß. Nur ein Spiel. Kommt, zieht uns irgendwie mit den Pferden zurück! Wir haben im Auto einen Koffer voller Dollars für euch!«

Jimmy strich durch seine fettigen Haare und stieg vom Pferd ab. »Ein Spiel, sagt ihr?«

Langsam ging er auf die Holzbrücke zu. In der Hand hielt er die große Säge. »Ich liebe Spiele, wie ihr wisst. Man setzt auf eine Zahl und das Schicksal entscheidet über Glück und Pech. Dann wollen wir mal spielen. Seht ihr diese vielen dicken Brückenbalken? Was meint ihr, welchen könnte ich durchsägen, ohne dass alles zusammenbricht, hä? Diesen hier? Oder vielleicht den dort? Bitte macht eure Einsätze!«

Jetzt streckte auch Larry Raider den Kopf aus

einem der Fenster. »Stopp! Im Namen des Gesetzes! Das können Sie nicht machen!«

»Gesetz? In Las Vegas gelten Gesetze doch nicht, oder? Was ist jetzt? Die Einsätze, bitte! Wählt einen Balken!«

Erst als die drei ??? nervös von den Pferden abstiegen, ließ Jimmy die Säge fallen. »Keine Angst, Jungs. Ich wollte die Typen nur auch mal schwitzen sehen. So wie Millionen Spieler jeden Tag vor ihren Einarmigen Banditen und Roulettetischen. Doch jetzt ist das Spiel aus. Die sitzen in der Falle. Hört ihr das? Ihr habt keine Chance mehr. Ruft selbst mit euren Handys die Polizei an! Wir werden euch nicht helfen. Rien ne va plus. Nichts geht mehr!«

Die Gauner hatten keine andere Wahl und der dicke Ben nahm kraftlos sein Handy in die Hand.

Die drei ??? waren begeistert.

»Wahnsinn«, lachte Justus. »Die Geschichte glaubt uns doch kein Mensch. Besonders nicht Tante Mathilda.«

»Was wird jetzt eigentlich aus Ihnen?«, fragte Bob den bärtigen Mann.

»Ach, macht euch um den alten Jimmy keine Sorgen. Ich bin mein ganzes Leben immer irgendwie klargekommen. Viel Unrechtes habe ich ja nicht getan. Und vielleicht rechnet mir die Polizei das hier an. Eins weiß ich jetzt aber auf jeden Fall: Ich werde nie wieder einen Dollar in diese verdammten Kisten werfen. Ach ja, und eine Bitte hätte ich noch an euch. Vielmehr an deinen Onkel.«

»Ja? Welche denn?«, wunderte sich Justus.

»Frag ihn doch bitte, ob ich nicht einen neuen Kühlschrank bekommen könnte. Ich hasse warmes Bier.«

Alle mussten so laut lachen, dass es von den steilen Felswänden der Berge widerhallte.

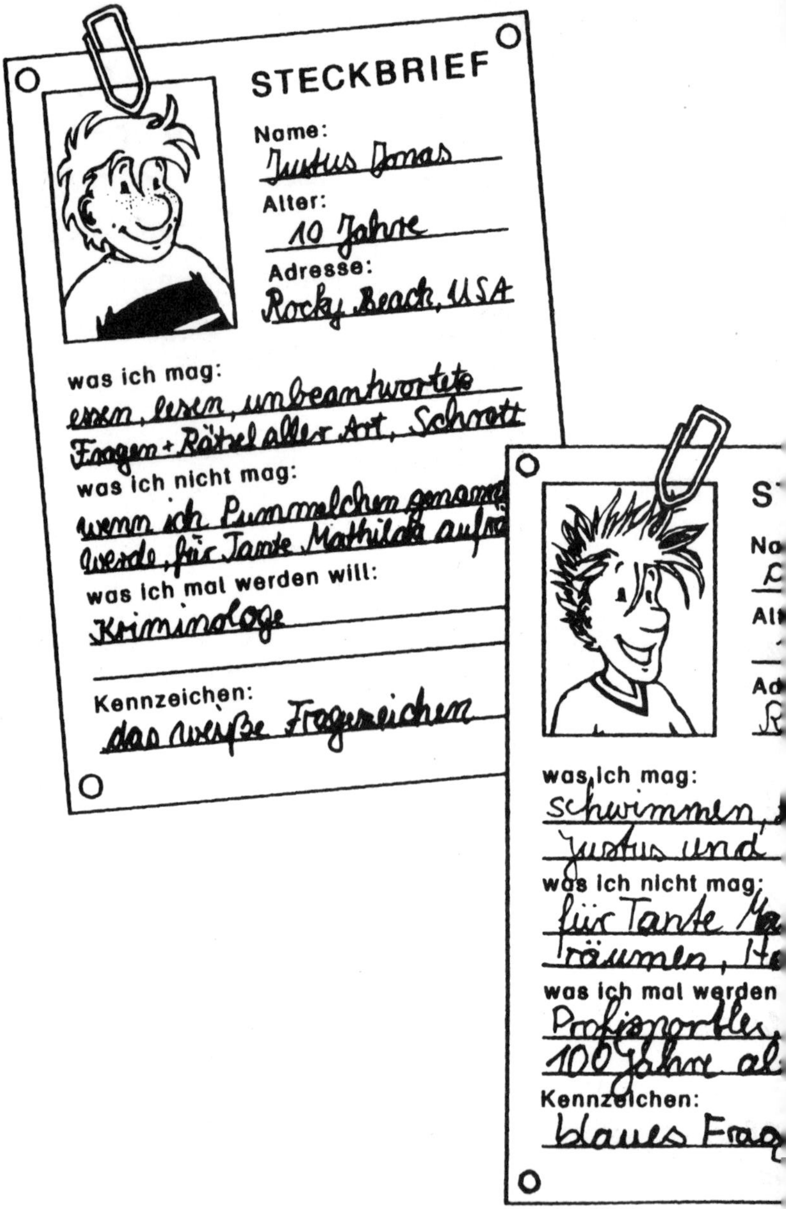
STECKBRIEF
Name:
Justus Jonas
Alter:
10 Jahre
Adresse:
Rocky Beach, USA
was ich mag:
essen, lesen, unbeantwortete
Fragen + Rätsel aller Art, Schrott
was ich nicht mag:
wenn ich Pummelchen
werde, für Tante Mathilda
was ich mal werden will:
Kriminologe
Kennzeichen:
das weiße Fragezeichen
was ich mag:
schwimmen,
Justus und
was ich nicht mag:
für Tante
räumen,
was ich mal werden
100 Jahre
Kennzeichen:
blaues

STECKBRIEF
Name:
Bob Andrews
Alter:
10 J.
Adresse:
Rocky Beach
was ich mag:
Musik hören, ins Kino gehen, in Büchereien stöbern, Cola
was ich nicht mag:
für Tante Mathilda aufräumen, Spinnen
was ich mal werden will:
Reporter und Detektiv
Kennzeichen:
KBRIEF
Jungs, bitte Schrottplatz aufräumen
Tante Mathilda